KB117109

백세 일기

백세 일기

1판 1쇄 발행 2020. 4. 13.
1판 7쇄 발행 2022. 2. 4.

지은이 김형석

발행인 고세규
편집 이예림 디자인 정윤수 마케팅 윤준원 홍보 박은경
발행처 김영사

등록 1979년 5월 17일 (제406-2003-036호)
주소 경기도 파주시 문발로 197(문발동) 우편번호 10881
전화 마케팅부 031)955-3100, 편집부 031)955-3200 | 팩스 031)955-3111

값은 뒤표지에 있습니다.
ISBN 978-89-349-9300-1 03810

홈페이지 www.gimmyoung.com   블로그 blog.naver.com/gybook
인스타그램 instagram.com/gimmyoung   이메일 bestbook@gimmyoung.com

좋은 독자가 좋은 책을 만듭니다.
김영사는 독자 여러분의 의견에 항상 귀 기울이고 있습니다.

백세 일기

매일 잠들기 전 써내려간
충만한 삶의 순간들

김형석 지음

김영사

일러두기

이 책은 2018년 3월부터 2020년 3월까지 〈조선일보〉에 연재한 '김형석의 100세 일기'를 엮은 것이다. 주제별로 연재 글의 순서를 조정하였고, 머리말을 비롯한 몇몇 글은 새로 쓴 것이다.

나는 40이 되면서부터 일기를 쓰기 시작했다. 30까지는 가정의 보호와 학교 교육을 중심으로 성장했다. 30부터는 나 자신의 인격과 자아를 형성하고 싶었다. 40부터는 지금까지 내 삶의 의미와 사회적 가치를 지키면서 연장하고 싶었다.

자유로운 지성인으로 일관하려는 신념을 지키며 교수다운 교수로 살기 원했다. 대학에 있을 때 보직을 사양한 것도 그 때문이었고, 사회 참여도 교수다운 일에만 관여해왔다. 흔히 사회에서는 '아이덴티티identity'라고 한다. 내 생애에 이중성이나 변절이 없기를 바랐다. 종교적 신앙은 나의 정신적 자유를 위해 수용했기 때문에 평신도의 위치로 자족했고, 사회적 출세나 명예는 가급적 멀리하려고 노력했다. 창조적인 지성이 허락된다면 그 이상의 영광이 없었을 것이다.

또 하나의 뜻이 있었다면, 인간은 살아 있는 동안은 정신과 인간적 성장이 가능하리라는 의욕을 가졌다. 희망이 없었던 내 유소년기의 건강을 정상적으로 회복시키는 체험을 했기 때문이다. 신체는 노쇠해져도 정신적 성장은 오래 지속될 것이며 인간적 수양과 덕성은 생존해 있는 동안은 지속되어야 한다고 생각했다. 공부와 새것을 위한 정신적 도전은 포기하고 싶지 않았다. 저술의 내용과 사상도 그렇지만 삶의 개선도 오래 가능할 것으로 믿었다. 인간은 언제나 새로 태어날 수 있다는 신념도 갖고 살았다.

40을 넘기면서부터는 내가 하는 일들이 사회적 의미가 있다는 사실을 체험했다. 학교 교육은 물론 사회 교육의 결실도 열려 있다는 경험이 쌓이기 시작했다. 비교적 많은 일을 했고 지금도 일을 멈추지 않고 있다.

일은 왜 하는가. 그 해답은 간단하다. 좀 더 많은 사람이 인간다운 삶을 누릴 수 있도록 돕는 것이다. 100명의 사람이 100가지 일을 하는 것 같아도 그 목적은 다 같다. 나로 인해 좀 더 많은 사람이 자유와 행복을 누리며 삶의 가치를 높일 수 있는가에 대한 노력이다. 그러니까 일하기 위해 배우고, 배움이 더 값있는 일을 가능케 하리라는 삶을 멈추고 싶지 않았다.

이런 일을 위해서는 내가 나 자신을 스스로 살피며 반성해보아야 한다. 자신의 모습을 보기 위해 거울은 자주 보면서, 자기 인생과 인격을 위해서는 자신을 보지 못하는 삶을 살아서는 안 된다. 나는 나 됨을 찾아 성장하고 새로워지며, 삶의 의미를 찾기 위해 '일기 쓰기'를 한 것이다. 일기를 쓰는 것이 새로운 출발을 위한 하나의 과제가 되었다. 지난 2년간의 일기를 읽고 오늘의 일기를 쓰면 좀 더 새로운 내일을 기대하게 된다.

일기는 나를 사랑하는 하나의 방법이다.

2부
석양이 찾아들 때 가장 아름답다

3부
사랑은 언제나 아름다운 마음으로 남는다

4부

더불어 산 것은 행복을 남겼다

百歲日記

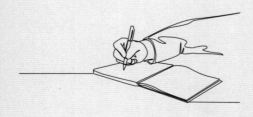

1부

한번 멋지게
살아보는 건 어떨까

아침 6시 반, 토스트 반 조각

아침 6시 30분이 되면 조반을 먹는다. 아는 사람들은 혼자 지내면서 왜 그렇게 이른 시간에 식사를 하느냐고 묻는다. 그러나 내게는 이유가 있다. 최근에는 우리 사회에도 조찬 모임이 많아지는 추세다. 바쁜 사람들이 아침 시간을 이용해 모임을 갖는다. 나는 그런 모임에 강사로 초청받는 일이 있기 때문에, 나름 책임을 감당하려면 습관을 살려둬야한다.

조반의 내용은 지난 50년 동안 거의 변화가 없다. 우유 한 잔, 계란 하나, 토스트 반 조각, 호박죽 조금, 과일, 커피반 잔이면 된다. 90세를 넘기면서부턴 그 양이 조금씩 줄고 있으나 빼놓지는 않는다.

장수하는 사람들은 소식小食을 한다고 말한다. 그러나

일부러 소식하는 것은 아니다. 나이가 많아질수록 활동량이 적어질 뿐 아니라, 위의 기능도 약해지기 때문에 자연히 식사량이 점차 줄어든다. 백수가 되고부터는 더 먹으라고 권해도 사양하게 된다. 나는 밀가루, 감자, 쌀을 가리지 않고 식사를 한다. 그러나 빵과 감자로 식사를 하다 보면, 온종일 쌀을 먹지 않는 때도 있다.

또 건강과 장수를 위해서는 육식보다 채식이 좋다고 주장하기도 한다. 그러나 여러 가지 음식물에서 다양한 영양을 섭취하는 것이 좋다. 나는 지금도 육식, 생선, 채식을 가리지 않는다. 일을 하기 위해서는 고기류가 필요하며 또 먹고 싶어진다. 먹고 싶은 음식을 먹어야 몸의 필요에 응답하는 것 아닌가 생각한다.

점심은 집에서 먹기도 하지만, 외식을 자주 하는 편이다. 혼자 지내기 때문에 점심을 가까운 사람들과 함께하는 경우가 많은데, 정신 건강에도 도움이 된다. 때로는 내가 초청하기도 한다. 양식당, 중식당, 일식당을 돌아가면서 찾아간다. 내게는 그 식사가 하루의 주식이 된다. 외식은 사치라고 여기는 사람도 있다. 그러나 선택에 따라서는 가정식과 큰 차이가 없다. 그리고 사회 경제를 위해서는 절약과 저축이 미덕이라는 생각에서 좀 벗어나는 것이 좋다.

돈이 돌아야 경제도 돌기 때문이다. 나같이 늙은 사람들도 여유만 있다면 아름다운 소비가 값있다는 점도 인정해야 한다.

나에게 가장 아쉬운 것은 저녁 식사를 식당에서 혼자 하는 일이다. 몇 해 전에는 저녁 식사를 하는데, 봉사하는 직원들이 "사모님하고 같이 오시지 왜 혼자 다니세요?"라고 물었다. 내가 할 말이 없어서 "어떻게 지내다 보니 결혼이 늦어서 그렇다"고 했더니, 한 여직원이 "그러셨구나! 늦어도 너무 늦었다"고 해서 혼자 웃었다. 그 직원들도 비가 오는 저녁 시간에 늙은이가 혼자서 식사하는 것이 쓸쓸하게 보였던 모양이다.

나는 50대 후반이 되면서부터 식사가 건강과 가장 가까운 관계에 있다고 생각했다. 젊어선 활동량이 많다 보니 식사량에 신경을 쓰지 않고 먹었으나, 지금은 식사의 양보다는 질을 의식하지 않을 수가 없다. 왜냐하면 그 시절에는 토스트를 한 조각을 먹어야 했는데 지금은 반 조각으로도 충분하기 때문이다. 그 대신 한 끼 한 끼의 식사에 감사한 마음을 갖는다. 음식으로 주어지는 건강을 일로써 보답하자는 뜻을 갖고 식탁에 앉는다.

60에 수영을 시작했다

60세를 앞두면서부터는 건강을 위해 한 가지 운동은 필수라고 느끼기 시작했다. 내 경우는 등산이 좋을 것이라고 생각했으나, 긴 시간을 잡아야 하기 때문에 단념했다. 정구를 시도했으나 장소와 시간뿐 아니라 짝이 있어야 해서 중단했다. 혼자서 할 수 있고, 시간의 구속을 받지 않는 운동을 찾다가 수영을 만났다. 50대 후반부터 시작했으니까 40년 가까이 계속한 셈이다.

남산에 있는 체육관으로 갔다. 언제나 자유로이 이용할 수 있었기 때문이다. 40년 가까운 세월을 거의 빼놓지 않고 수영을 즐겼다. 물속에 들어가 있는 시간은 30분 안팎이다. 그리고 무릎 관절을 위한 다리 운동도 하는 게 보통이다. 외국에 여행을 갈 때도 수영장이 있는 호텔을 정했다. 수영은 누적된 피곤을 풀어줄 뿐만 아니라 새로운 정신적 작업을 할 의욕이 솟아나게 한다.

그러는 동안 아흔 살이 됐다. 남산은 집에서 거리도 멀고 자동차와 운전기사도 떠나게 되면서 수영장을 옮기기로 했다. 그런데 90이 넘으니 어디에서도 회원으로 받아주지 않았다. 내 아들이 이곳저곳을 알아보다가 서대문구청에서 운영하는 문화회관을 소개받았다. 마침 늙은이들을 위한 효도 수영이 마련돼 일주일에 세 번은 정해진 시간에 이용할 수 있었다.

구민증을 보여주고 신청서를 작성했다. 여직원이 73세를 왜 93세로 적었느냐며 73세로 정정하여 회원 카드를 만들어줬다. 90세가 넘은 사람은 회원 자격이 없을 테니까 내 얼굴을 보면서 73세쯤으로 여겼던 모양이다. 93세라는 사실이 알려지면 쫓겨날지도 모른다고 생각하며 나는 속으로 걱정했다. 알아보는 사람이 있을까봐 숨어 다니다시피 수영장에 다니는 동안 또 4~5년이 지났다. 이제는 마음 편히 다니고 있는데, 내가 누군지 알려지기 시작했고 나이도 숨길 수 없게 되었다. 고려대학교 철학과 출신 부부가 체육관에 나오면서 들통이 난 모양이었다.

그러나 지금도 일주일에 사흘씩 오후에 수영을 하며 혜

택을 받고 있다. 직원들은 알면서도 묵인해주는 것 같다. 100세가 다 된 노인이 불쌍해서 모르는 체하는 건 아닌지 궁금하다.

나는 후배들이나 아는 사람들에게 60대가 되면 건강을 위해 적당한 운동을 하라고 권고한다. 운동을 한 사람과 하지 않은 사람은 80대쯤 되면 확연히 다르다. 나는 중학생 때 자전거로 통학한 것이 도움이 되었다고 믿는다. 오늘의 도시인들은 자동차를 많이 이용하기 때문에 다리 운동이 부족하여 관절 질환이 먼저 찾아온다. 수영은 물속에서 다리 운동을 겸할 수 있어 전신 운동도 되고 하반신과 다리 관절에 도움이 된다고 믿는다. 1년이 더 지나 100세가 되면 나도 지팡이를 짚고 나서야 하나 하는 걱정을 가끔 한다. 아직은 괜찮다. 수영의 혜택을 감사히 생각한다.

조금 더 하고 싶을 때 그만두는 것이 오래 즐겁게 운동을 계속하는 비결이다. 나는 일을 사랑하는 사람이 건강하다고 생각한다. 게으르거나 일을 외면하는 사람은 건강하지 못하며 인생의 가치도 상실하게 된다. 일을 사랑한다는 것은 사회에 기여한다는 뜻이다. 운동이 건강을 위해 필요하듯이 건강은 일을 위한 전제조건이 되기 때문이다.

또순이를 떠나보내다

언제나 잠들기 전에 일기를 쓴다. 재작년과 작년의 일기를 읽은 후에 오늘의 기록을 남기곤 한다.

2년 전 오늘은 '또순이'가 죽은 날이다. 강아지 또순이는 그 뿌리가 프랑스다. 어쩌다가 그 선조가 미국으로 이민을 갔고, 미국에서 태어난 또순이가 우리 집으로 온 것이다. 그때 나는 노모와 병중의 아내를 보내고 혼자 있었다. 미국에 사는 셋째 딸이 내 외로움을 덜어주기 위해 데리고 왔었다.

또순이가 미국에 사는 동안에는 내 딸과 같은 방에서 지냈기 때문에 우리 집에 와서도 2층의 내 방에 머물기를 원하는 눈치였다. 나는 그럴 수가 없어 계단 현관 옆에 머물자리를 장만해주었다. 그래도 또순이는 2층에 있는 내가 그리워 언제나 계단 아래서 위쪽만 바라보곤 했다. 내 딸의 설명에 의하면 또순이는 비숑Bichon 종류 강아지인데 이 녀석들이 세상에서 주인을 가장 좋아하고 잘 따른다고 한다. 다 자란 후에도 중간 정도의 고양이 체중밖에 되지 못하는 귀염둥이다.

내가 또순이와 함께하는 시간은 뒷산을 산책할 때와 앞뜰 잔디밭에서 놀아주는 동안이다. 또순이는 그때가 가장 행복한 시간이다. 뒷산을 걸을 때는 뒤따라오는 나를 수십 번씩 쳐다본다. 잔디 위에서는 내 환심을 사려고 갖은 아양을 부린다. 그러다가 품에 안아주면 내 눈을 쳐다보다가는 반쯤 눈을 감는다. 그 표정이 '나보다 더 행복한 삶은 없다'는 듯싶었다. 나도 "아내 다음으로 네가 나를 가장 좋아하지…"라고 중얼거리곤 했다.

10여 년이 지나는 동안에 또순이가 나보다 더 빨리 늙기 시작했다. 2년 전쯤부터는 노화 현상이 뚜렷했다. 나를 즐겁게 해주기 위해 잔디 위를 뛰어 돌다가도 힘들어서 안 되겠다는 듯이 내 얼굴을 쳐다보곤 했다. 나도 '나보다 네가 더 빨리 늙어서 어떻게 하지…' 하며 안아주곤 했다.

지방에서 손님이 왔다. 우리는 습관대로 또순이와 같이 손님 차로 드라이브를 했다. 내 품에 안겨서 내 얼굴과 창밖을 번갈아 내다보곤 했다. 산책길에서는 즐거워 이리저리 뛰어다니며 날 보고 또 보곤 했다. 그것이 또순이의 마지막 행복이었다. 이틀 후에 또순이는 모두가 잠든 밤, 계단 밑 이층이 보이는 자리에 누워 잠들어 있었다. 그렇게 또순이는 내 곁을 떠났다.

나는 또순이와 같이 거닐던 산길을 걷고 있었다. 또순이가 보고 싶었던 것 같다. 앞을 바라보았더니 또순이가 벚나무 밑에서 나를 기다리고 있었다. 나는 '너 여기 있었니?' 하면서 뛰어갔다. 두 팔을 벌렸다. 또순이가 뛰어와 안기지를 못했다. 내가 끌어안아주었다. '내가 보고 싶었지? 왜 서서 기다리기만 했어?' 하면서 살펴보았다. 또순이는 생전과 같이 내 얼굴을 보면서 눈을 감았다. '주인님 품 안이어서 편안해요'라는 듯이.

꿈이었다. 나는 생각했다. '나도 사모해온 분의 품 안에서 편안히 잠들 수 있어야 할 텐데'라고.

작년에 165회 강연을 했다

2017년에는 다 합해서 165회의 강연을 했다. 이틀에 한 번 꼴이다. 시간이 허락하면 거의 다 간다. 선약이 있더라도 꼭 도와주고 싶을 땐 날짜나 시간을 바꿔서 한다. 사례비와는 관계가 없다. 내가 필요하다면 먼 길도, 밤길도 마다하지 않는 편이다.

아침보다는 저녁 강연이 많고 대체로 70분 길이다. 청중이 가장 많이 모였을 때는 주최 측 추산으로 약 3,000명이었다. 적을 때는 30~40명이 되기도 한다. 나는 청중이 200명 정도일 때 보람을 느끼는 것 같다. 사회적 영향을 고려했을 경우 그렇다.

1950~1970년대에는 숭실대학교 안병욱 교수, 고려대학교 조동필 교수와 내가 '강연계의 삼총사'로 불리기도 했

다. 기업체를 위한 강연회가 많던 시절이다. 셋이서 제주도에 갔을 때 조동필 교수가 말했다. "여러분, 멀리 제주도까지 와서 강연하는 것이 얼마나 힘든 일인지 모르실 겁니다. 나는 괜찮아요, 20만 원도 감사하지요. 그런데 같이 오신 김 교수님은 그렇게 대접하면 안 되지요. 최소한 50만 원은 드려야 합니다" 해서 모두가 웃었다. 강연회를 마치고 돌아가는 비행기 안에서 그가 덧붙였다. "저녁 값은 김 교수가 내야 합니다."

생각해보면 그 옛날이 그리워지기도 한다. 그런 농담을 하면서도 우리는 진심으로 한국의 산업화를 돕고 싶었다. 90세가 되었을 때 안병욱 교수가 한 말이 생각났다. "그때 우리는 맹물 강연을 했지요. 그다음부터는 모든 기업체가 콜라 강사나 사이다 강사를 초청하지, 우리 같은 생수는 필요가 없어졌나 봐요." 기업과 사회 경제에 필수적인 윤리 의식이 사라지고 있다는 안타까움, 그리고 노사 갈등 같은 데서 보여주는 애국심 상실을 걱정하고 있었던 것이다.

요즘 내겐 50대 이후의 사회 지도층이나 70대 전후 장·노년층을 위한 강연 요청이 많아지고 있다. 큰 교회에서는 노년층을 위한 모임에 자주 나가게 된다. 옛날 제자들은 '얼마나 늙었나 보자' 하는 호기심을 갖고 오는 것 같기도 하다.《백년을 살아보니》라는 책 때문인지도 모르겠다. 강연 주제는 대부분 '인간다운 삶이란 무엇인가'다. 그분들에게 "90이 될 때까지는 공부하고 일하면서 활기 있게 살아보자"고 호소하곤 한다. 그것이 인생을 사는 의무이기 때문이다.

그런데 여러 곳을 다녀봐도 청중에 90세 이상은 없다. 그래 보이는 사람이 있어 인사를 나누었는데 옛날 상공회의소 책임을 맡아 수고해주었던 김상하 선생이었다. 지팡이를 짚고 있었다. 귀가 어두워, 내 강연 내용을 전부 알아듣지는 못했다는 얘기였다. 늙기 전에 좀 더 많이 강연해야겠다고 생각했다. 찾아오는 분들에게 작은 도움을 줄 수 있다는 것만으로 행복해지기 때문이다.

힘들더라도 금년까지는 강연을 계속하기 위해 모든 정성을 기울이고 있다. 되도록 지팡이는 쓰지 않기로 해본다. 보청기도 아직은 안 끼고 있다. 소리는 크게 들리지만 말뜻을 알아듣는 데 도움이 되지 않기 때문이다. 옆에 와서 작은 목소리로 속삭이는 사람이 가장 힘들다. 비밀 얘기였겠지만 내 실정은 배려하지 않는다.

강연할 수 있어 기쁘다. 어려움은 있어도 그분들과 나누는 사랑 덕에 내 인생에도 보람이 있는 것이다.

연희동 산책길 20년

고향을 떠나 서울에 온 지 70여 년이 된다. 아이들과 나눈 얘기다. 태국서 이민 온 사람이 태국 태씨가 되고, 처음 정착한 고장의 이름을 따 영등포 김씨로 호적에 등록한 사람들이 있다면, 우리는 서대문 김씨가 맞겠다면서 웃었다. 사대가 서대문에서 시작해서 서울과 미국, 독일 등으로 흩어졌으니까 그런 생각을 할 만도 하다. 나는 더욱 그렇다. 봉원사 아랫동네에서 40여 년을 살다가 연희동으로 와서도 20여 년을 보냈다. 여기서 생애를 마치게 될 것 같다.

연희동을 거처로 선택한 데는 두 가지 뜻이 있었다. 집 뒤 야산이 산책로가 되고, 언덕 위여서 하늘이 많이 보였다. 안산과 여의도까지의 전망이 탐나기도 했다. 안산 줄

27

기에서 뻗어 나온 우리 집 뒷산은 이름이 없다. 그래도 지금은 50분 정도 산책할 수 있는 숲길이 되었다. 처음에는 오솔길 전체의 4분의 1쯤 걸었다. 길이 좁고 숲이 우거져 있었다. 한두 해 뒤부터는 산책길이 길어지기 시작했다. 내가 개척했기 때문이다. 내가 산책길의 주인공이 된 셈이다.

그 뒤에는 구청에서 길을 넓히고 철책을 만들었다. 남쪽 마을에는 작은 운동장도 생기고 어린이 놀이터도 장만하게 되었다. 층층 계단도 여러 곳에 만들어졌는가 하면 나무 의자도 놓이면서 제법 공원다운 모습으로 변한 셈이다. 지나다니는 사람들도 있고 산책하는 주민들도 다양해졌다. 나는 20여 년을 다녔으니까 그 변화의 모습을 지켜보는 산지기같이 되었다. 일본 사람, 중국 사람, 미국 사람들도 2~3년씩 있다가는 가곤 한다. 중국인 학교가 있고 연세대학교와 외국인 학교가 있기 때문이다. 몇몇은 우리 집에서 분양해준 강아지를 데리고 본국으로 가기도 했다.

그러는 동안에 나는 이 산을 누구보다도 사랑하게 되었다. 산과 자연은 사랑하는 사람이 가지게 되는 법이다. 외국에 나가 있는 기간을 빼고는 언제나 산책을 즐겼다. 정신적 생산에도 산책길에서 큰 도움을 얻었다. 산책길에서의 생각은 10여 권의 저서가 되었고, 수많은 강연 내용도 그곳에서 정리했다. 그 정신적 혜택을 독자와 청중에게 나누어주는 행운을 차지해왔다.

신문에서 오늘은 날씨도 풀리고 미세먼지도 보통이라고 해서 눈이 깔린 산길을 조심스럽게 다녀왔다. 이 산과 자연이 나에게 사계절을 알려주면서 자연애를 깨닫게 했다. 길에서 만나는 사람들과 정어린 인사도 나눈다. 나를 알거나 제자였던 사람들은 "선생님, 저희는 이 길을 '철학자의 길'이라고 부릅니다. 선생님의 철학이 깔려 있는 길 같아서요"라고 인사한다.

내 나이 100세. 감회가 가슴에서 피어오른다. 겨울이 지나가면 아침과 저녁에 또 산책을 하게 될 것이다. 산과 자연은 태양이 떠오를 때와 서산으로 넘어갈 때 가장 아름답다. 인생도 그런 것 같다. 20대 후반에 탈북해 서울에 올 때는 어떤 희망의 약속이 있었다.

100세에 내 삶의 석양이 찾아들 때가 왔다. 아침보다 더 장엄한 빛을 발하는 태양을 바라보고 싶은 마음이다.

구름 보는 시간이 늘었다

이전에는 어떻게 지냈는지 모르겠다. 요사이는 일기예보와 함께 황사나 미세먼지에 대한 정보가 뒤따른다. 나 같은 늙은이들은 자연히 외출을 줄이고 방에 갇혀 지내는 시간이 길어진다.

그 대신 책상 위에 있는 구름 사진 책을 들여다보거나, 넓은 하늘에 찾아왔다가 사라져가는 구름들을 창문을 통해 관상觀想하는 시간이 길어져 좋다. 몇 해 전에 '앞으로 10년만 더 건강하게 움직일 수 있으면 사진기술을 배워 구름 사진을 찍고 싶다'는 글을 쓴 일이 있다. 그 글의 독자들이 내 심정에 공감했거나 동정했던 것 같다. 국내외에서 출간된 구름 사진 책을 네 권이나 선물로 받았다.

구름을 보기 어려운 날씨에는 그 사진들을 통해 여러 모습의 구름들을 찾아본다. 그리고 시외로 외출을 하거나 휴식시간이 생길 때는 언제나 새로운 형상으로 관광객을 기다리는 구름들과 마음의 교류를 갖는다.

인간은 자연에서 태어나서 자연과 더불어 살다가 자연의 품으로 돌아간다. 어떤 사람들은 자연의 작은 부분인 화초를 사랑한다. 그런 사람들은 착한 마음씨를 찾아 누린다. 또 어떤 사람들은 동물을 사랑한다. 그런 사람들은 생명에 대한 정과 사랑을 배운다. 산을 사랑하는 사람들도 있다. 그들은 웅장한 산의 기상을 받아들여 강한 의지와 신념을 얻는다. 바다를 사랑하는 사람도 있다. 그들은 넓은 마음과 가없는 세상을 꿈꾸게 된다.

그런데 삶을 이끌어주고 함께해주는 자연과 전혀 무관하게 사는 사람도 있다. 자연의 혜택도 모르고 사랑을 느껴보지도 못하는 사람들이다. 내 편견이기를 바란다. 그런 사람들 대부분이 불행하게도 우리가 모두 걱정하는 사회악을 저지르곤 한다. 사회악까지 이르지 않는다고 해도 폐쇄적인 감성과 심정으로 고통을 겪는다. 우울증도 그 하나의 증세일지 모른다. 대자연의 질서를 역행하거나 자연과의 사랑을 단절하기 때문이다.

나는 인적이 드물 정도로 작은 농촌마을에서 하늘의 구

름을 보면서 자랐다. 아버지를 따라 앞산 꼭대기까지 오르곤 했다. 무한히 전개되는 파란 하늘에 언제나 다른 형태로 태어났다가 자취를 감추는 구름을 보는 것이 소박한 즐거움이었다.

나이 들면서는 여유로울 때면 구름 감상에 시간을 보내기도 하고 길을 떠나 지방 산수를 찾기도 했다. 장년기에는 세계 여행 중에도 구름 보기를 빼먹지 않았다. 그렇게 구름을 친구 삼아 사는 동안에 나도 모르게 받아들인 교훈이 있다. '욕심 없는 사람이 행복해진다'는 가르침이다.

내가 잘 아는 친지 중에 100세가 넘도록 건강하고 행복하게 장수한 이들이 있다. 그들에게는 공통점이 있다. 무욕無慾의 인생관을 갖춘 사람들이다. 무소유는 그 작은 부분의 하나일 뿐이다.

김형석 교수와
똑같이 생긴 사람을 봤어

해마다 늦은 가을이 되면 연문인상延文人賞 시상식이 있다. 12회 시상식에 참석했을 때 일이다. 엘리베이터를 타고 올라가는데 대학 때 제자였던 연극인 오현경도 6~7명 탑승자 가운데 끼어 있었다. 처음부터 내 얼굴만 열심히 쳐다보고 있었다. 나는 목례를 하면서 마주 보았다. 그래도 그 제자는 내 표정만 살피는 것 같았다. 엘리베이터에서 내린 뒤에는 여러 사람 사이에 섞여 나도 정해진 좌석으로 발걸음을 옮겼다.

시상식이 끝나고 길가로 나섰을 때였다. 한 제자가 주차장으로 가면서 "선생님, 엘리베이터 안에서 오 군을 보셨어요?"라고 물었다. 내가 "나를 쳐다보기만 하고 인사는 하지 않더라"고 했더니 그 제자가 말했다. "그래서 그랬구나. 오 군이 우리들 동창이 있는 곳으로 뛰어오더니 '나 지금 엘리베이터 안에서 김형석 선생님하고 꼭 같이 생긴 사람을 보았어. 누군지 모르겠는데, 50여 년 전의 김 교수 님과 똑같이 생겼데'라면서 흥분해 있더라고요"라는 얘기 였다.

그래서 다른 동창들이 "김 교수님이 아직 살아 계셔"라 고 말했다. 그는 "그러면 어떻게 되나. 우리가 이렇게 늙었 는데…"라면서 놀라더라고 했다. 오 군은 최현배, 김윤경, 정석해 교수님들과 함께 교단에 섰던 나를 그분들과 비슷 한 나이로 보았던 모양이다. 그분들은 40~50년 전에 세상 을 떠났다. 그러니까 놀랄 수밖에 없었을 것이다.

지난겨울에 어느 지방에 강연을 갔다. 70대쯤으로 보 이는 초로의 부인이 찾아와 "선생님, 제가 김 아무개 목 사 아내입니다. 선생님께서 지방까지 오실 리는 없고 아마 동명이인이겠지 생각했습니다. 그런데 뵈오니까, 아직 살 아 계셨군요. 저는 지금쯤은 하늘나라에 목사님과 함께 계 실 줄 알았는데"라면서 감격스러운 인사를 했다. 옆에 함 께 서 있던 친구분도 "저도 설교를 들으면서 틀림없는 교 수님이라고 생각했다"고 말했다. 자기는 배화여고 학생 때 내 설교를 들었다는 것이다. 먼저 인사했던 사모師母는

"다시 태어나서 오신 것같이 반갑습니다"라고 했다.

나는 무어라고 말하기가 어색했다. 그래서 "하늘나라에 가는 것이 그렇게 쉽겠어요? 몇 해 더 세상에 남아 있다가 하늘나라로 가야지요?" 하면서 웃었다. 두 부인은 "오래오래 저희 곁에 계셔주세요. 오늘같이 말씀도 전해주시고요" 인사를 하면서 내 곁을 떠나 군중 속으로 사라졌다.

그날 밤 나 혼자 생각했다. 이제 곧 99세가 되는 생일을 맞게 된다. 여러 분이 내게 하는 인사가 모두 비슷하다. '좀 더 오래 우리 곁에 계셔주세요'라는 마음들이다. 왜 그런지 마음이 무거워진다. 사랑하는 사람들이 아껴주는 동안 그분들 옆에 머무를 수 있다면 감사하겠다.

고유명사부터 잊어버린다

지난봄이었다. 내가 연세대학교 교수가 된 해에 입학생이었던 제자들과 점심을 같이했다. 헤어지면서 종로 2가 버스 정류장으로 걸어가고 있는데 한 제자가 뒤따라오더니 "혼자 댁까지 찾아가실 수 있습니까?" 하고 물었다. "그럼, 찾아가지. 그렇지 않으면 어떻게 하나?"라고 했더니 "제 선친께서는 85세 때부터 집을 찾아오지 못하곤 해서 전화번호 명패를 달고 다니셨습니다"라는 걱정이었다. 90세 전후가 되면 자주 있는 일이다. 노인성 치매의 초기 현상일 것이다.

내 친구도 강연을 하다가는 줄거리를 잊어버리기도 하고, 같은 얘기를 중복하곤 했다. 그다음부터는 강연을 하지 않기로 했다. 다른 친구는 심한 건망증 때문에 아내나

딸이 동행하면서 도와주곤 했다. 실수를 하면 안 되기 때문이다.

말을 잊어버리는 데도 순서가 있다. 고유명사, 보통명사, 형용사, 부사, 동사 순으로 기억이 안 난다. 이름이나 전화번호를 먼저 잊어버린다. 형용사를 잊기 때문에 문장 표현이 줄어든다. 동사는 끝까지 잊어버리지 않는다. 배가 고프다든지, 머리가 아프다는 말은 죽을 때까지 뒤따른다.

내 아내는 오래 병중에 있었다. 최근의 일들은 깡그리 잊어버리면서도 옛날 일은 기억하곤 했다. 자주 만났던 내 친구 A 교수도 92세 때 "김 교수, 이게 몇십 년 만이야!"라며 엉뚱한 인사를 했다. 중고등학교 시절의 동창으로 착각했던 것이다. 내가 "우리가 92세까지 살 줄은 몰랐지요?"라고 했더니, "우리가 그렇게 오래 살았나?" 하면서 놀라는 표정이었다. 나는 그런 얘기를 하면서 함께 웃기는 했으나 눈시울은 뜨거워졌다. 왜 그런지 친구가 조금씩 멀어지는 것 같았다. 나도 그렇게 되겠지만….

내 선배였던 R 교수의 얘기가 생각난다. 아내가 치매를 앓았는데 워낙 성격이 착했기 때문인지 아침부터 저녁까지 이쪽 옷장의 옷들을 저쪽 옷장으로 옮겨놓았다가는 다시 순서를 바꾸어 제자리로 돌려놓는 일을 종일 계속하곤 했다는 것이다. 그러다가 남편이 들어오면 "누구시지요? 우리 선생님은 학교에 가고 안 계시는데요"라면서 놀라곤 했다는 것이다.

그래서 90 고개를 넘기면서는 가장 무서운 병이 치매라고 걱정한다. 내가 잘 아는 목사는 "이다음에 치매에 걸려 '하느님이 어디 있어? 누가 보았나?'라고 말할 것 같아 두렵다"고 했다. 그런 생각을 하게 되면 투병하는 아픔보다 치매가 더 걱정이기도 하다.

이런 일들을 주변에서 종종 보기 때문에 나는 지방에 강연을 가게 될 때에는 누군가와 동행하는 절차를 밟는다. 실수하지 않기 위해서다. 그리고 금년부터는 가족이나 제자에게 내 강연을 객관적으로 듣고 평가해달라고 부탁한다. 실수하거나 청중에게 실망을 주지 않기 위해서다. 치매에만 걸리지 않는다면 1~2년 더 봉사하고 싶은 마음이다.

여자 친구라는 거짓말을 했어야

스승의 날에 오 군 생각이 간절했다. 20년 동안 빼놓지 않고 감사 전화를 걸어주던 제자다. 내가 28세, 오 군은 18세 때 처음 만난 사제 간이다.

오 군은 서울대학교 법과대학을 졸업하고 고향인 충북 청주로 내려가 공무원을 지내기도 하고 문필가로 이름을 올리기도 했다. 후에는 충북대학교 교수가 되었다. 사회적으로 활동하기 시작하면서는 사제 간의 친분이 더 두터워졌다. 한번은 서울에 와 모교인 중앙중·고등학교를 함께 거닐기도 했다. 같이 찍은 사진이 강원 양구 '철학의 집'에 걸려 있다. 중앙중·고등학교 때의 추억을 남기기 위해서이다.

최근에는 스승의 날에 걸려오는 전화가 대화가 되지 못

하고 오 군의 일방적 통화로 끝나곤 했다. 나보다도 먼저 귀가 멀었기 때문이다. "선생님이세요?" 하고 확인한 후에는 자기 얘기만 한다. 그리고는 "서울 가면 찾아뵙겠습니다"라는 지키지 못할 약속으로 그치곤 했다. 나보다 제자가 더 빨리 늙는 것 같아 안쓰러웠다.

작년이다. 가까운 지인이 청주에 문상을 간다고 하기에 나도 한 시간 동안 청주에서 오 군을 만날 계획을 세웠다. 부인은 건강이 좋지 않아 못 나오고, 서울에 사는 따님이 친정에 들렀다가 오 군과 상봉하는 자리를 만들어주었다.

나는 약속한 장소로 갔다. 길가 2층에 있는 카페였다. 오 군은 어린애가 아버지 손을 놓치지 않으려는 듯이 내 오른손을 두 손으로 꼭 잡고 옆자리에 앉았다. 너무 반가워서 말문이 막힌 듯했다. 내가 "오래 보지 못했는데, 건강이 이전만 못해 보인다"고 했더니 수긍하는 듯이 머리를 끄덕이면서 딸을 바라보았다. '네가 말씀 드려라' 하는 눈치였다. 따님의 설명을 들었다. 건강이 좋지 못했는데 교수님이 오신다니까 그렇게 반가워할 수가 없었다는 것이다.

우리 둘에게 60분은 너무 짧았다. 아마 이것이 마지막 만남일 것 같다는 예감이었다. 전화가 왔다. 서울로 갈 차가 도착했다는 것이다. 내가 오 군의 팔을 붙들고 내려가 차를 탔다. 운전대에 앉아 있는 여자를 보고는 오 군이 "저분은 누구세요?" 하고 물었다. 내가 대답하려고 할 때 차가 움직였다. 대답을 듣지 못한 오 군은 오른손을 흔들면서 작별 인사를 했다.

나는 차 안에서 후회했다. '이 여자분은 내 친구야' 했더라면 오 군이 얼마나 기뻐했을까. 내가 오랜 세월 병중의 아내를 돌보아주었고 지금은 혼자인데, 왜 재혼을 안 하실까 하고 친구들과 걱정해온 것을 잘 알고 있기 때문이다. 내가 한마디 거짓말을 했더라면 오 군은 틀림없이 '역시 우리 선생님이 최고야. 100세에 여자 친구가 있고…'라면서 가족들과 기억에 남는 동창들에게 "나, 김 선생님의 여자 친구를 보았다"면서 좋아했을 것이다. 그러고도 남을 성격이었다. 또 그렇게 나를 좋아했다.

몇 달 후에 따님에게서 문자 메시지가 왔다. 그렇게 교수님을 좋아하셨던 아버지께서 돌아가셨다는 것이다.

세금을 많이 내 흐뭇하다

세금 때문에 최 세무사를 찾아간 일이 있었다. 20년 전쯤이었을까. 세무사가 나에게 들려준 이야기다.

90이 다 되어 보이는 손기정 옹이 찾아왔다. 어디서 상금을 받았는데 세금 내는 일을 좀 도와달라는 청이었다. 상을 주는 측에서 세금을 처리했을 테니까 신고하지 않아도 된다고 했더니, "그건 나도 알아. 그래도 내가 받은 돈이니까 내고 싶다"고 해서 계산을 해보였다. 손 옹은 "그것밖에 안 되나. 더 많이 내는 방법을 알아봐줄 수 없겠나" 하면서 만족스럽지 않은 표정이었다고 한다. 세무사는 세금을 많이 내는 규정에 맞추어드렸다. 손 옹이 서류를 살펴보고는 흡족해하면서 "나 이게 마지막 내는 세금이야. 지금까지 대한민국의 혜택을 얼마나 많이 받고 살아왔는데, 세금이라도 좀 많이 내면 내 마음이 편해서 그래…" 하였다는 얘기다.

그러면서 세무사가 내게 "선생님도 나라가 없는 일제강점기를 사셨으니까 손 옹의 마음에 공감하시겠네요?"라고 물었다. "나는 탈북 1세대입니다. 그때 대한민국이 나를 품 안에 안아주지 않았다면 지금도 세계 어디에선가 떠돌이 생활을 하고 있을지 모르지요"라고 답하는 내 마음도 무거웠다.

이번에 나는 평생 어느 때보다 종합소득세를 많이 납부했다. 일을 맡아주었던 세무사는 경력이 20년 되었다는데 100세가 된 나이에 이렇게 일을 많이 하고 세금을 많이 내야 하는 분은 처음 만났다고 할 정도였다.

지난해에는 두 곳에서 억대가 넘는 상금을 받았다. 저서 두세 권이 독자의 호응을 받았기 때문에 인세도 많았다. 강연료까지 다 합치다 보니 약 3,000만 원 정도의 많은 세금을 낸 것이다. 내 일을 도와준 세무사가 "어차피 상금은 공익사업에 후원을 하기로 하셨으니 법인의 후원 영수증을 발부받으면 안 내도 될 세금이었을 텐데"라고 말했던 모양이다.

내 생각은 좀 달랐다. 캐나다에 갔을 때 친구에게 들은 얘기가 생각났기 때문이다. "김 선생, 캐나다에서 살아보니까 교회에 헌금하는 것보다 세금을 더 많이 내고 싶은 마음입니다. 내가 미국 딸네 집에 갔다가 심장병으로 2주 동안 입원했는데 캐나다 정부가 병원비를 다 지불했고요, 토론토에서 변두리 도시로 이사를 왔을 때는 시 도서관에서 한국 책 도서목록을 보내주며 필요한 책이 있으면 더 신청하라는 안내장이 왔어요. 김 선생 저서도 서울에서는 읽지 못하다가 여기서 읽었습니다"라는 것이었다. 캐나다 의료 체계에서는 다른 주로 이사하거나 해외 여행 중이더라도 세금으로 무료 의료 서비스를 받을 수 있다.

손기정 선수가 베를린 올림픽에서 우승할 때 나는 대학생이었다. 마라톤 우승 장면을 친구와 같이 영화관에서 보면서 둘이서 손을 잡고 감격했다. 한국의 젊은이가 일본을 앞질러 세계를 제패한 것이었다. 그랬기에 인생 전체를 대한민국에 바치고 싶었을 것이다.

내 친구는 한국이 아닌 캐나다에 가서야 세금의 가치를 깨닫게 되었다고 고백했다. 나도 그런 마음을 갖고 대한민국에서 몇 해 더 살아보고 싶어졌다.

할머니들이 무서웠다

심리 상담이나 치료를 하는 사람들이 습관 만들기를 권하는 사례가 있다. 선한 습관에 몰입하게 되면 그 습성 때문에 스트레스를 해소할 수 있다는 것이다.

나도 30여 년 동안 수영을 즐기는 습관을 쌓아왔다. 지방에 갔다가 서울에 도착하면 피곤을 풀기 위해 집으로 가지 않고 곧장 수영장을 찾았다. 동행했던 사람은 의아해한다. 그러나 나는 수영을 통해 모든 피곤과 스트레스를 푼다. 그것이 습관이 되었다. 오늘은 주말이어서 시간을 쪼개 수영을 했다. 심신이 경쾌해진다. 내 친구는 그 습성 때문에 정기적으로 등산을 했다.

오늘은 수영을 끝내고 버스를 탔는데, 노인들을 위한 효도 수영을 함께 하던 사람을 만났다. 내가 "요사이는 정해진 시간을 지킬 수가 없어서 때로는 수영장을 바꾸곤 한다"고 말했다. 오랫동안 효도 수영으로 맺은 친분이 있었기 때문이다.

그 사람의 얘기다. "저도 사정만 허락되면 옮겨야겠어요. 여기가 비용이 덜 들기도 하고 시간만 맞추면 교통도 편해서 좋은데, 할머니들 천하에 우리 몇 사람이 겨우 끼여 지내니까 안 되겠어요. 요사이는 5~6명 되던 남자 회원이 점점 줄어드니까 오래지 않아 쫓겨날 것 같기도 하고, 어떤 때는 할머니들의 위세에 눌려 수영하는 재미마저 없어지는 것 같아요." 사실은 나도 그랬다. 할머니들은 한 레인에서 두세 명이 여유롭게 수영을 하는데, 할아버지들은 한 레인에서 5~6명이 몰려다닌다. 내가 용기를 내서 할머니들 칸으로 갔다. 어디서나 남녀는 함께 수영을 하게 되어 있고 사람이 적은 칸으로 가서 함께 헤엄칠 권리가 있기 때문이다.

그런데 나보다 키도 크고 체중도 대단해 보이는 할머니가 준엄하게 말했다. "여기는 여자들이 사용하는 곳입니다." 할 수 없이 쫓겨났다. 나보다 선배가 될 정도로 오래 수영장에 다닌 80대 할아버지에게도 항의를 섞어 불평했다. "오래되신 선배께서 좀 얘기해 시정하도록 해주세요"

라고. 그 할아버지는 나보다도 왜소한 편이다. 내 얘기를 듣더니 "말해보았자 소용이 없습니다. 나는 할머니들이 무서워서 말도 못 꺼냅니다. 우리는 많아야 5~6명이고 할머니들은 40~50명이 되니까, 체육관에서도 우리를 반가워하지 않는 것 같고요"라는 것이다. 그래서 그런지 할아버지들은 기가 꺾이고 발언권도 없어지고 만다. 말은 안 하지만 버스에서 만났던 사람도 할머니들이 무서웠던 것 같다.

수영장에서만 그런 것은 아니다. 80대쯤 되면 가정에서도 남편들은 할머니들의 보호 밑에 살아야 하니까, 눈치를 보면서 용돈을 얻어 쓰는 신세가 된다. 연금만 없으면 남편들을 쫓아내고 싶다는 게 일본 여성들의 공론이라고 한다. 이대로 세월이 지나면 세상이 여성 사회로 바뀌고 우리 같은 노인네들은 존재 가치가 없는 인생으로 밀려날지도 모르겠다. 어디 호소할 곳도 없고.

여자 친구들이 다 도망갔다

지난달 말 금요일이었다. 차편이 생겨 오래간만에 예술의 전당을 찾아갔다. 화가 샤갈의 전시회를 보기 위해서다. 오래전 모딜리아니 전시회 때만큼 인상적이었으면 좋겠다는 기대를 했다. 샤갈의 그림에는 언제나 이야기가 있고 향수가 넘친다. 〈비테프스크 위에서〉 그림은 더욱 그랬다. 전시를 보고 출판을 기념하는 저녁 회식장으로 갔다.

작년에 불광동 성당에 갔는데 본당 입구에 내 강연 주제인 '독서하는 국민이 되자'가 쓰여 있었다. 그날 나는 "우리나라가 일본이나 중국과 더불어 아시아 문화권을 이끌어갔으면 좋겠다. 그 기초 작업은 간단하다. 많은 사람이 100년 이상 독서를 해야 한다. 문화가 발달한 영국, 프랑스, 독일, 미국, 일본 등이 그러했다고 보는 것이 내 생각이다"라고 말했다.

2년 전에 《백년을 살아보니》를 출간했는데, 15만 부 이상 팔렸다. 내가 감사히 생각하는 것은 50~60대 장년층이 책을 읽는다는 사실이다. 그 뒷받침을 하고 싶어 다시 《행복예습》이라는 신간을 내놓았다. 내용과 수준은 전작보다 약간 높은 것 같다. 그 출판을 기념해 출판사가 베풀어주는 저녁 식사 자리에 도착했다.

조촐한 모임이었다. 10명 정도의 출판사 실무진이 기다리고 있었다. P 상무가 "《백년을 살아보니》가 많은 독자에게 사랑받아서 감사하며, 이번 책은 내용이 풍부하고 흥미롭기 때문에 더 많은 독자가 애독해주었으면 좋겠다"는 인사를 했다. 다들 내 표정을 지켜보았다. 한마디 할 것으로 기대했을 것이다.

나는 "그 말씀은 사실입니다. 출판사에도 도움이 되었을 것입니다. 그러나 저자인 나는 얼마나 큰 손해와 타격을 받았는지 모르실 겁니다. 우선 내 나이가 100세라는 사실이 알려지면서, 몇 명 안 되던 내 여자 친구들이 1~2년 동안에 다 떠나버리고 말았어요. 이제부터는 혼자 외롭게 고독을 이겨내면서 여러분의 행복을 기원해야 하는 심정과 처지는 모르시지요?"라고 했다. 모두 웃었다. 내 눈에 아직 어려 보이는 한 여직원은 '그럴 수도 있겠다'는 표정이었다.

식사를 끝내고 돌아오는 차 안에서다. 동행했던 제자가 "선생님, 너무 걱정하지 마세요. 백 살 넘은 꼬부랑 할머니들이 지팡이를 짚고 찾아올지 누가 알아요?"라며 놀려주었다. 나는 웃으면서 "100세가 되니까 그런 옛날의 꿈은 다 사라진 것 같아요. 지금 바라는 것은 좀 더 많은 사람이 내 책을 통해 행복해졌으면 감사하겠어요"라고 했다.

나 한 사람의 행복보다는 독자들의 행복이 더 소중하기 때문이다.

나도 늙어가는가

가까이 지내던 동갑내기 목사 생각이 난다. 30여 년 전 일
이다. 일요일 아침에 설교를 하기 위해 버스를 타고 인천
까지 갔는데, 약속한 교회가 어딘지 모르겠더라는 것이다.
공중전화로 집에 있는 아내에게 물었지만 아내도 마찬가
지였다. 할 수 없어 가까운 교회를 찾아가서, 몇몇 감리교
회 주소로 전화를 걸어 "오늘 누구의 강연 요청이 있었느
냐" 확인을 하곤 택시 타고 가느라 고생했다는 얘기였다.

　그러면서 "60이 되니까, 나도 늙었나 봐. 건망증이 찾
아온 것 같아"라며 웃었다. 얘기를 들은 나는 위로해주고
싶은 마음이 들었다. "괜찮아. 나는 며칠 전에 점심 먹으
러 종로에 나갔다가 버스에서 내려 들어갔더니 책방이던
데…"라고 했다.

사실 나는 건망증 이상의 습관이 있다. 건망증은 기억했던 것을 잊었을 때의 상태다. 나는 기억조차 하지 못하는 버릇을 갖고 있다. 그중 하나가 만났거나 함께 지낸 사람의 이름이다. 내가 제자들의 이름을 모른다는 사실은 널리 알려져 있다. 졸업생들은 사은회를 겸한 식사를 끝내면서 내 옆까지 다가와 "선생님, 제 이름이 박○○입니다. 기억해주세요"라고 부탁한다. 나는 "그럴게" 하고 대답하지만 집에 돌아와 메모하려고 하면 벌써 깜깜하게 잊곤 한다. 그래서 어떤 제자들은 내가 누구의 이름을 부르면 그 제자가 나와 대단한 친분이 있거나 유명한 인사라고 착각한다. 얼굴은 기억에 떠오르는데 이름을 모르는 사람들을 자주 대하곤 한다.

요사이 내 강연을 듣는 사람들은 어떻게 그렇게 기억력이 좋으냐며 부러워한다. 며칠 전에는 철학계 동료들과 얘기를 나누다가 "1781년에서 1831년 사이는 독일 관념론의 전성기였다"고 했더니 모두 놀라는 것이다. "칸트의 《순수이성비판》이 출간된 해부터 헤겔이 죽은 해를 모르느냐"고 설명했다. 모두 감탄하는 표정이었다. 나는 그런 강의로 몇십 년 동안 벌어먹고 살았는데, 그렇게 쉬 잊을 수가 있겠느냐고 생각은 하면서도 내 기억력이 괜찮은가

보다 하며 흐뭇해했다.

지금 생각해보니 그런 습관과 생활이 현실적인 도움은 되지 못했던 것 같다. 내가 아는 정치계나 경제, 사회계는 말할 것도 없고 교수들 중에서도 많은 사람을 기억하면서 선처善處하는 사람들이 성공도 하고 여러 분야의 지원도 얻는다. 나같이 좁고 깊이 있는 사귐밖에 모르는 사람들은 그런 폭넓은 후원은 받지 못한다. 인천에서 갈 곳을 잊었던 목사는 훌륭한 설교를 하는데도 많은 신도를 이끄는 목회자는 되지 못했다. 나와 비슷한 성격의 소유자였다.

며칠 전의 일이다. 가까이 있는 교회당 안의 카페에서 약속했던 손님을 만났다. 나는 모 신문사의 기자로 알았기 때문에 쓰고 있던 원고 생각이 떠올라 얘기를 했다. 그 손님이 "제가 뵙기로 한 것은 원고 때문이 아닌데요"라면서 웃었다. 내가 착각을 했던 것이다.

나는 "미안합니다. 나도 요사이는 늙어가는 모양입니다. 건망증이 생겨서…"라고 했다. 내 말을 들은 두 사람이 마주 보면서 웃었다.

아흔두 살 할아버지가
반말을 했다

100세의 나이 때문일까. 만나는 사람들 나이를 짐작할 수가 없어 난처해지기도 하고, 때로는 손해를 보기도 한다. 특히 젊은이들에게는 짐작한 나이보다 후하게 주어도 꼭 학생처럼 보일 때가 있다.

얼마 전 일이다. 버스를 타고 시내로 갈 일이 생겼다. 자리를 겨우 잡고 앉아 있는데, 다음 정거장에서 한 노인이 두 손에 지팡이를 짚고 올라탔다. 목에 작은 손가방을 매달고 있었다. 아무래도 내가 자리를 양보해야겠기에 "할아버지 여기에 앉으세요" 하면서 뒷자리로 옮겨 갔다. 할아버지는 앉으면서 "고마워"라고 인사했다.

남산 순환도로에서 내가 내리려고 하는데, 앞자리 할아버지도 지팡이 두 개를 짚으면서 일어서는 것이다. 내가

"조심하세요"라고 붙들어주면서 함께 내렸다. 허리가 앞으로 많이 굽어 있었다. "이렇게 혼자 다니셔도 괜찮으세요?" 물었더니 "저 골목까지 가면 딸이나 손녀가 마중 나올 거야" 했다. 함께 걸으면서 이야기를 나누다가 "할아버지 연세가 어떻게 되세요?" 했다. 힐끗 내 얼굴을 쳐다보며 "나 금년에 아흔둘이야"라며 발걸음을 옮겼다. 내가 먼저 옆으로 돌아서면서 "할아버지, 조심해서 걸으세요. 즐거운 하루 보내시고요"라고 작별 인사를 했다. 할아버지는 "도와줘서 고마워"라면서 네발걸음으로 떠나갔다.

혼자 가면서 생각해보았다. 나보다 일곱 살이나 아래인 할아버지가 나를 손아랫사람으로 대한 것이다. 약간 억울하기도 하고 손해를 본 것 같기도 했다. 어떻게 생각하면 지팡이가 필요 없는 내가 더 고맙기도 하고.

나이 때문에 꼭 손해를 보는 것은 아니다. 한번은 집 가까이에 있는 그랜드힐튼 호텔에서 원고를 정리하고 있었다. 맞은편 입구로 여대생 네 명이 제각기 악기를 들고 얘기하면서 들어섰다. 그중에서도 나이가 어려 보이는 한 학생이 악기를 내려놓자마자 내가 있는 곳으로 찾아와 해맑은 음성으로 "혹시 ○○○ 교수님 아니세요?" 하며 반갑게 인사했다. 나는 속으로 많아야 대학원생쯤으로 보이는

데 약간 무례하다고 생각했다. 옆에 앉으라는 말도 없이 "아니요~" 하고 인사를 받았다. 그제야 그 여학생은 좀 미안했던 모양이다. 돌아가더니 명함을 가지고 다시 왔다. S대학교 예술대학 학장으로 되어 있었다. 약간 당황스러웠다. "나는 학장직을 못 해봤는데, 나보다 더 훌륭하시네요" 웃으면서 얘기를 나누었다. 그 일이 계기가 되어 S대학교 학생들을 위해 강연을 해주기도 하고 두 차례 음악회에 초대받기도 했다.

며칠 전 일이다. 다시 만나는 기회가 생겼다. 내가 명년에 만 100세가 되기 때문에 기념관이 있는 강원도 양구 분들을 위해 음악회를 개최하고 싶다고 했더니, 흔쾌히 도움이 될 수 있으면 협조해주겠다는 고마운 약속을 받았다.

나보다도 양구 분들에게 음악회를 선사할 수 있게 되었다. 우연한 만남이 아름다운 열매를 거둔 셈이다.

나는 아직 골동품이 아니다

지난 6일은 금년 들어 가장 추운 날이었다. 모교인 숭실고 등학교 전 교장 최덕천, 현 교장 윤재희와 함께 강원도 양구를 방문했다. 언제나 그랬듯이 근현대사박물관 2층에 자리하고 있는 도자기 방으로 갔다. 넓지 않은 공간이지만 내가 소장하다 옮겨놓은 고려시대부터 구한말까지 선조들이 애용한 도자기들이 우리를 기다리고 있었다. 조지훈의 시 〈도자기 예찬〉도 보였고 품격을 갖춘 김용진의 문인화도 두 점 걸려 있었다.

두 교장에게 간단히 설명하고 내가 오래 머리맡에 두고 정들여왔던 조선왕조 초기 아름답고 우아한 백자 앞으로 갔다. 이미 습관이 된 대로 '잘 있었지! 좀 더 내 서재에 같이 있다가 와도 좋았는데…'라고 말없이 인사를 건넸다.

그때 뭔가 들리는 것 같았다. 그 도자기가 나에게 소리 없는 대답을 하는 것이었다. '저희는 골동품이에요. 한국의 전통을 사랑하는 분들에게 이곳에서 저희 옛날 모습을 보여주면 그것으로 감사해요. 그러나 선생님은 아직 골동품은 아니잖아요. 여기를 찾아오는 손님들은 선생님의 오늘과 내일을 보러 오지, 과거의 선생님을 보러 오는 것은 아니에요' 하는 속삭임 같았다.

호수 맞은편에 있는 '철학의 집'으로 갔을 때도 그 생각이 떠나지 않았다. 두 교장 선생도 지난날의 내 모습을 관람하면서, 옆에서 안내하는 나의 오늘과 내일을 생각하고 있었을 것이다.

10여 년 세월이 지나면 이곳을 찾아주는 분들은 무엇을 보고 느낄까? 물론 공원 서북쪽에 있는 안병욱과 내 묘소도 찾아줄 것이다. 거기에는 '여기 조국과 겨레를 위해 정성을 바친 두 친구가 잠들어 있다. 그들의 세대는 사라지고 있으나 그 마음은 길이 남을지어다'라는 침묵의 묘비가 설지 모른다. 그러나 우리 두 사람은 '철학의 집'을 찾아오는 이들에게 우리의 과거보다는 국가와 민족의 장래를 위하는 마음을 되찾아주기를 바라게 될 것 같다.

기념관은 그 주인공의 사후에 중의를 모아 세우는 것이

정상이다. 그런데 '철학의 집'은 그런 순서가 못 되었다. 우리 둘은 90 고개를 넘긴, 갈 곳 없는 탈북자였고 안병욱 교수는 병중이었다. 가까운 시일 안에 안식처를 마련해야 할 시점이었다. 안 선생은 양구가 처음이면서 마지막 안식처가 되었다. 나도 안 선생의 묘비 앞에 설 때마다 안 선생을 회상하기 위한 기념관인지 그분의 뜻을 이어받기 위한 곳인지 스스로 묻는 때가 있다.

2개월여 만에 다시 찾은 기념관. 여기는 우리 둘의 지난날을 기념하는 시설이지만, 동시에 우리와 마음을 같이하는 이들의 장래를 위해 더 소중하다는 뜻을 깨닫게 해주었다. 인생은 과거를 기념하기 위한 골동품이 아니다. 미래를 창조하기 위해 항상 새로운 출발이어야 한다. 밀알이 더 많은 열매를 위해 스스로를 희생하듯이.

98세처럼 살자

새해 첫날 우리 나이로 100세가 되었다. 감사와 걱정이 함께 찾아든다. 두 자리 숫자(99)가 세 자리(100)로 올라가는 과정이 그렇게 힘든 것인가. 나 자신은 괜찮은데 주변에서 가만두지를 않는다.

아침에는 KBS 〈아침마당〉에 출연해 행복 이야기를 했다. 지난 31일부터 닷새 동안은 〈인간극장〉에 내 100세 모습이 소개되기도 한다. 나도 모르게 100세부터 어떻게 살아야 할까를 묻지 않을 수 없다. 80대 중반부터는 몸이 종합병원이라고 한다. 우선 건강 유지가 걱정이다. 언제 어디서부터 온 손님인지 건망증이 찾아왔다. 일이 있어 아래층으로 내려왔는데 왜 왔는지 깜빡 잊어버린다.

연말에 2~3일 동안은 반성과 연구를 해보았다. 나로서는 마지막 중대한 결정을 내렸다. '더 늙지 말자. 98세로 돌아가자'는 생각이다. 98세였던 해에는 부러운 것 없이 살았다. 두 권의 책을 썼고, 160여 회 강연을 했다. 보청기도 지팡이도 없이 살았다. 오늘부터는 남이야 어찌 부르든지 나는 98세로 되돌아가 머물기로 했다. 98세가 5년쯤 더 연장된다면 내 인생 최고의 행복과 영광이 될 것이다. 물론 그것은 내 소망이기보다는 욕심이다. 그러나 마지막 가져보는 욕심이다. 가까운 친구나 아는 분들은 용서해줄 것이라 믿는다.

몇 해 전까지는 오전 11시에 가족이 모여서 예배를 드리고 세배를 나누곤 했다. 최근에는 동생들도 늙었고 손주들도 많아져서 신년 세배는 가정별로 나누어서 하기로 했다. 직계 가족들만 모여 내가 세배를 받는다. 아들딸들이 용돈을 가져온다. 그 돈에서 일부는 손주들에게 세뱃돈을 주고 남는 돈은 내 소유가 된다.

90이 넘으면 용돈이 필요하다. 그런데 몇 해 전부터는 아들들과 사위들이 다 정년퇴직을 하고 내 수입이 많아지니까 용돈도 더 올라가지 않는다. 어떤 때는 아들딸들과 식당에 간다. 전에는 안 그랬는데 요사이는 "아버지가 내시게요?"라고 먼저 묻는다. 나는 "그러지!"라고 자신 있게 대답을 한다. 그래서 더욱 감사한 마음이 되기도 한다.

예배와 세배가 끝나면 회식을 한다. 금년에는 맏아들이 초대를 했다. 미국에서 딸들이 보내주는 식사 비용은 내 차지가 된다. 그래도 주는 마음이 받는 마음보다 행복하다. 나는 또 말없이 애들에게 돌려줄 때가 있다. 점심 식사를 끝내고 돌아오면 자유로운 내 시간이 된다. 새로운 한 해를 어떻게 보낼지 계획을 세운다.

계간지 〈철학과 현실〉에 3년여에 걸쳐 쓴 글들이 출간될 것이다. 조선일보와 동아일보에 1년 가까이 게재되었던 칼럼과 글들을 책자로 내기를 원하는 출판사들이 기다리고 있다. 내 뜻을 도와주고 있는 후학들이 계획하는 일들도 있다. 금년 4월까지 계속할 강연회 청탁들도 들어와 있다.

그렇게 해서 100세가 아닌 '제2의 98세'가 채워질 것이다. 그 소원이 이루어지기를 바라는 마음이다.

외손자 결혼식 축의금

미국에 사는 막내딸의 아들이 지난 주말 결혼했다. 그 애가 어렸을 때 자동차 옆자리에 앉아서는 할아버지 귀를 만져보고 싶다고 했다. 그러라고 하면서 안아주었더니 싱긋 웃었다. 내가 "이쪽 귀도" 하면서 얼굴을 가까이 가져갔다. 두 손으로 내 두 귀를 잡아보며 좋아하던 시절이 있었다.

그 애가 자라 의과대학 공부를 마치고 전문의 시험을 통과했다. 병원에 근무하게 되었고, 결혼도 하는 것이다. 결혼식에 참석할 수 없어 얼마 안 되는 축의금을 보냈다.

오늘 아침에 막내딸에게 전화가 왔다. 오히려 아버지에게 생활비라도 보내드리고 싶은 마음인데 애들을 위한 사랑의 선물이라서 감사히 받겠다는 정성 담긴 목소리였다.

10년쯤 전이다. 셋째 딸이 전화를 걸어왔다. 아버지에게 부탁이 있다기에 귀담아들었다. 사연은 예상 밖이었다. 한국의 어떤 아버지가 맏아들에게 유산을 물려주고 같이 살기로 했다가 뜻대로 안 되어 다른 아들 집으로 갔으나 돌보아주지 않아 고생한 이야기, 잘 아는 은사가 사업에 실패한 아들의 보증을 섰다가 살던 집까지 차압을 당하고 늙어서 길거리로 나앉았다는 이야기 등을 하면서 내 노후를 걱정했다.

두 딸과 의사인 두 사위가 상의를 하였다. 내가 틀림없이 100세까지는 살 테니까 노후의 생계 문제에 잘 대처해 두라는 조언이었다. 자식들에게 유산을 줄 생각도 하지 말고 꼭 챙겨 쥐고 살라는 것이다. "어머니가 있으면 걱정을 안 해도 되는데 아버지 혼자니까 염려가 된다"고도 했다. 내가 웃으면서 "그렇게 하겠다. 그러나 100세까지야 살겠느냐?"고 했더니, 그래서 걱정이라는 것이다. 틀림없이 100세를 넘긴다는 얘기였다.

사실은 내게도 걱정이 있었다. 자녀들에게 주고도 싶고, 맡기고 나면 편하기는 하다. 그러나 늙어서 자녀들 도움을 청하는 일은 더욱 부담스러워진다. 그렇다고 고령에 재산을 관리하는 것도 쉽지 않다. 처음에는 95세까지를 생각했다가 후에는 98세까지의 생활비는 준비해두기로 했다. 그런데 어쩌다 보면 100세를 넘길 듯한 예감이 든다. 수입을 더 만들어야 할 것 같다. 작년에는 두세 기관에서 상금을 받았다. 그 돈이면 3~4년은 걱정하지 않아도 된다. 그러나 그것은 내가 번 돈이 아니다. 내가 갖거나 나를 위해 쓰라는 돈이 아니다. 그래서 사회에 환원하기로 했다.

100세 이후 여생에 필요한 생활비는 남겨두었다. 오래 살기 위해서라도 주어지는 일을 계속 해야겠다. 열심히 벌어서 내 힘으로 살다가 남는 재산이 생기면 필요한 곳에 주고 가려 한다. 재산은 소유하기 위해 있는 것이 아니다. 값있게 쓰기 위해 주어진 것이다. 참다운 의미의 부자는 많이 가진 사람이 아니라 사회에 많이 주는 사람이다.

남은 세월 열심히 일하겠다. 수입이 생기면 나를 위해서는 적게 갖고 이웃을 위해서는 많이 주는 생활을 이어가기로 하자.

철이 덜 들어 젊어 보이나

내 제자이자 후배 교수이던 S가 전화를 걸어왔다. 동기들 몇이서 점심 초대를 한다는 얘기다. 약속한 식당에 갔더니 같은 연배의 네 친구가 기다리고 있었다.

S 교수가 웨이터에게 우리 다섯 사람을 나이 순서대로 서비스해주면 보너스를 주겠다고 흥미로운 제안을 했다. 웨이터는 둘러보더니 지팡이를 짚고 들어온 노인에게 먼저, 다음에는 S 교수, 세 번째는 백발이 된 친구, 그러고는 나보다 키는 크지만 얼굴에 주름살이 많은 친구와 나를 번갈아보더니 그 친구 앞에 물 잔을 놓았다. 내가 꼴찌가 된 것이다.

모두가 웃으며 한마디씩 하고 있는데, 식당 여사장이 들어왔다. 내 옆에 와 인사하면서 식당에 100세가 되신 손님은 오늘이 처음이라고 했다. 모두 재미있다는 듯이 웃었다. 웨이터는 뜻밖이라는 표정으로 내 얼굴을 살폈다.

왜 내가 15년이나 아래인 제자들보다 젊게 보였을까. 친구 김태길 교수가 몇 차례 남긴 말이 있다. 철이 늦게 들어서 오래 살 것이라는 얘기다. 신과대학에 있던 H 교수는 주변에서 철이 덜 들었기 때문에 젊어 보이기도 하지만 장수할 것 같다는 말을 듣곤 했다. 오래전에 내가 "자네 아들이 대학을 졸업하고 취직했으니 며느릿감을 찾아야겠다"고 했더니 즉각 "내 애인도 못 구하고 있는데 그런 말을 하느냐"고 엉뚱한 소리를 한 친구다. 그는 나보다 3~4년 아래인데 70대로 보는 이가 많다.

이보다 더한 사건이 벌어진 일도 있었다. 미국에 있는 내 외손자가 대학에 입학한 첫 여름이었다. 미국 애들은 대학생이 되면 집을 떠나고 방학에도 집에 오지 않는 것이 보통이다. 내 딸은 아들이 보고 싶어 색다른 계획을 세웠다. "여름방학 때 서울 외할아버지가 하와이로 강연하러 오는데 너도 와서 할아버지와 5일 동안 같이 있자"는 부탁이었다. 나도 그러겠다고 합의를 보았다. 한인 교회 강연도 준비되어 있었다.

내가 호놀룰루 공항에 내렸더니 딸과 사위, 손자가 기다

리고 있었다. 다음 날 우리는 비행기로 빅아일랜드라는 섬
으로 갔다. 딸과 사위가 먼저 나가고 나는 손주와 함께 뒤
따라 걷고 있었다. 환영 나온 교회 사람들이 내 사위에게
가서 인사했다. 서울에서 여기까지 오시느라고 수고가 많
으셨다는 위로의 말이었다. 초청받은 연사는 나인데 내 사
위를 나로 착각한 것이다. 내 딸이 당황해서 "이 사람은
제 남편이고 아버님은 저기 오신다"면서 나를 소개해주었
다. 그제야 모두 나에게 와서 다시 인사했다. 그들은 두 번
인사했고 내 사위는 부끄럽고 당황스러운 인사를 받았다.
얼굴이 불그레해가지고 어쩔 줄 몰랐다. 내가 "나 대신 자
네가 강연을 하면 되는데, 뭘 미안해하나?"라고 기분을 바
꾸어주었다. 키가 크고 대머리가 된 사위가 강사 같아 보
였을 것이다.

　나이는 같아도 늙지 않는 방법이 있을까. 신체 나이는
어쩔 수 없어도 정신의 젊음을 유지한다면 가능할 것 같
다는 생각을 해본다.

2부

석양이 찾아들 때
가장 아름답다

생일 저녁, 밥을 굶어야 했다

초등학교 입학 전후였을 것이다. 늦은 봄, 따뜻한 햇볕을 즐기면서 동네 밖의 냇가에서 늦도록 놀다가 집으로 들어섰다. 몹시 시장기를 느끼고 있었다. 방문을 열려고 하는데, 어머니의 울음 섞인 목소리가 들려왔다. 아버지와 말싸움을 하는 중이었다.

"하나밖에 없는 장손의 생일인데 고깃국은 못 끓여도 쌀밥은 했어야죠. 조밥하고 고추장찌개밖에 없지 않아요. 몸이 약해 고생스럽게 키워온 것만 해도 억울한데…." 언제나 가난에 시달려 사는 어머니의 한풀이였다.

나는 문밖에서 아무것도 모른다는 듯이 "엄마, 나 왔어" 하면서 방으로 들어섰다. 그러면서 거짓말을 했다. "나 오늘 영길이네 집에서 놀았는데, 영길이 엄마가 내 생일이라

고 이밥에 고깃국도 끓여주어서 밥 많이 먹고 왔어." 저녁
은 안 먹어도 된다며 그렇게 꾸며댔다. 어머니는 "그러면
잘됐다. 우리는 조밥에 김치만 먹으면 된다"면서 아버지
와 식사를 했다.

나는 거짓말의 죗값을 치러야 했다. 배가 고프니까 잠도
오지 않았다. '내 생일만 아니었으면 거짓말도 안 하고 굶
지도 않았을 텐데….' 오히려 생일이 원망스러웠다.

그런 일 때문일까. 나는 '생일 같은 것은 잊어버리자. 생
각을 안 하면 그뿐이지'라는 생각으로 긴 세월을 살았다.
다른 사람의 생일에도 애정 있는 관심을 갖지 않았다.

38선을 넘어 탈북해 서울 중앙중고등학교에 부임한 지
1년쯤 지났을 때였다. 내가 담임하는 반 학생 두세 명이
저녁 시간에 집으로 찾아왔다. 그러면서 "선생님 생일은
잘 모르겠으나 크리스마스가 되어 작은 선물을 가져왔습
니다"라고 인사를 했다. 작은 상자를 열어보았더니 손목
시계가 들어 있었다. 나도 모르게 눈시울이 뜨거워졌다.
어린 제자들이 시계도 없이 가난하게 지내는 내 모습을
보고 돈을 모아 성탄 선물을 했던 것이다. 그런 애정 어린
선물을 받은 사람은 아마 나밖에 없을 것이다.

그 일이 계기가 되어 나는 생일 선물을 받지는 못하더

라도 다른 사람들, 특히 내 애정을 필요로 하는 학생들과 주변 사람들에게는 사랑을 베풀면서 살아야겠다고 마음을 굳혔다. 내 생일은 양력으로 4월에 있다. 해마다 4월 한 달은 가급적 많은 사람에게 마음의 선물을 하자는 생각을 했다. 내 생일을 축하하듯이 사랑의 선물을 나누어주자고 생각했다.

지난달에 강연을 14회 했다. 금년 가을에 출간하기로 계획했던 원고 뭉치도 출판사로 보냈다. 어쩌면 나의 마지막 저서가 될지 모른다. 생일이 있는 4월까지는 끝내고 싶었던 원고였다.

어머니가 나에게 베풀고 싶었던 사랑, 그리스도께서 우리에게 남겨주신 사랑의 작은 한 부분이라도 남겨주었으면 하는 정성이었다. 그런데 올해는 내가 나누어준 사랑과는 비교가 안 될 정도로 많은 사랑을 받고 있다. 100세를 살았는데 더 오래 사시라는 축하를 받고 있다.

아내의 사랑

모든 남성은 두 여성의 사랑으로 자라고 행복을 누리면서 살게 된다. 어머니와 아내의 사랑이다. 나도 예외는 아니다. 결혼 전에는 어머니의 보호와 배려가 있었고, 그 후에는 아내의 도움이 더 큰 비중을 차지했다. 그 기간에 얻은 교훈은 사랑하는 사람이 사랑을 받는 사람보다 행복하다는 사실이다. 때로는 그 사랑이 미미한 것 같아도 그것이 타고난 모성애임을 깨닫게 된다.

내가 어른이 될 때까지 어머니가 손님에게 항상 하는 말씀이 있었다. "우리 큰아들은 나를 닮았으면 키도 크고 건강했을 텐데 저희 아버지를 닮아서 저렇게 태어났어요"라는 변명이다. 그러다가 50대 후반이 되자 "우리 큰아들은 왜소하고 약해 보이지만 아버지보다 나를 닮았기 때문에 건강은 해요. 앓지 않고 일도 많이 합니다"라고 은근히 자랑하곤 했다.

내 아내도 그 점은 비슷했다. 학창 시절에 만나 오래 가난과 싸워야 했다. 40대 후반부터는 "우리가 얼마나 가난했어요. 그런데 지금은 내 덕택으로 이만큼 살게 됐잖아요. 다른 여자와 결혼했으면 이렇게 당신이 행복했겠어요?"라고 했다. 아내는 음식 솜씨가 없었다. 그래도 내가 "오늘은 김치찌개가 맛있는데?" 하면서 눈치를 살피면 "당신이 지금까지 이렇게 건강하게 일하는 것은 다 내 은혜인 줄 아세요. 다른 여자 만났으면 어쩔 뻔했어요"라면서 좋아했다. 나는 속으로는 웃으면서도 "그러기에 항상 감사하고 있지 않아요?"라고 말했다. 그 꾸며낸 말이 아내를 행복하게 하니까.

수십 년을 그렇게 살았다. 부족하기는 해도 그 마음은 사랑이었기 때문이다. 내가 1년 동안 미국에 혼자 연구교수로 갔을 때다. 떠나보낸 날 저녁에 아내가 애들에게 "아버지를 보내고 나니까, 어린애 혼자 보낸 것 같아 마음이 아프다" 해서 애들이 다 웃었다는 것이다. 아무도 없을 때는 나에게 "당신은 내 남편이기보다 가끔은 막내아들 같다"고 했다. 웃을 수도 없고 웃어서도 안 되는 기분이었다.

그러나 아내가 남겨준 한 가지 고마운 일은 있다. 같은 동네에 사는 아주머니가 보험회사의 모집원이 되면서 간청해오는 부탁을 거절할 수 없어 S생명보험에 가입한 것이다. 얼마 안 되는 액수의 종신보험이었다. 아내가 계속 그 배당금을 받다가 세상을 떠났다. 아내 대신 내가 수혜자가 되었다. 해마다 5월 말이 되면 내가 100만 원씩 받으러 간다. 어제가 바로 그날이었다. 납입한 보험금은 얼마 되지 않았는데, 100세가 되도록 받기가 미안하기도 하고, 담당 여직원이 나를 본인으로 믿어주지 않아 걱정이다. 초등학교 입학 때 구두 시험을 보는 기분이 된다. 본인 확인이 미안한지 여러 가지를 물어본다. 절차가 끝났을 때, "명년에는 100세가 넘는데 그래도 계속 와도 되는가요?" 물으면서 함께 웃었다.

집에 와서 아내에게 "고마워. 용돈을 챙겨줘서"라고 중얼거린다. 마치 아내가 하늘에서 "내 사랑이 얼마나 고마운지 아셨지요?"라며 웃는 것 같다.

공 좀 찼던 철학 교수

러시아 월드컵 경기 때문에 밤잠을 설쳤다. 경기가 있는 줄 알면서 잘 수도 없고 응원을 하고 나면 피곤해진다. 내가 축구에 대해 관심을 갖고 응원하게 된 것은 축구 이외의 경기를 모르기 때문이다. 다른 스포츠는 접촉해보지도 못했고 문외한이다.

초등학교 때는 동네 아저씨가 만들어준 볏짚 뭉치로 공을 찼다. 그러다가 고무공 차기를 즐기면서 중학생이 되었다. 체육 시간에는 간혹 축구 경기를 하는 때도 있었다. 대학생이 되고 사회생활을 시작하면서부터는 축구와의 인연이 끊겼다.

30여 년 세월이 지난 뒤였다. 연세대학교의 일곱 개 단과대학 교수들이 친선 축구 경기를 갖기로 했다. 불행하

게도 우리 문과대학 교수 중에는 축구 경험을 갖춘 교수
가 거의 없었다. 할 수 없이 내가 앞장서서 팀을 구성하고
시합을 위한 훈련을 맡게 되었다. 나는 선수이면서 주장의
책임을 맡는 처지가 되었다. 어쨌든 첫해의 우승기를 차지
하게 되었으니까, 내 노력도 적지 않았던 셈이다. 교수 모
두가 청소년 못지않게 즐거운 시간을 가졌다. 신과대학의
M 교수는 나를 찾아와 신과대학이 이길 수 있도록 기도해
달라는 부탁을 하기도 했다.

그런데 뜻밖의 사건이 벌어졌다. 1970년도 가을에 열리
는 연고전 경기에는 교수 축구팀도 출전하게 되었고 나도
시니어 팀의 주전 선수로 뽑힌 것이다. 유니폼을 입고 서
울 동대문 경기장에 나섰더니 고려대학교의 조동필 교수
가 연세대학교에 얼마나 선수가 없으면 김 선생까지 나왔
느냐고 놀려주었을 정도였다. 연세대학교 교수팀이 압도
적으로 승리했다. 나는 오른쪽 공격수로 뛰었다. 우승하고
두 대학의 응원단이 환호성을 올리는 가운데 우승대 앞으
로 나서는 나 자신이 자랑스러워 보이기도 했다. 국제 경기
는 못 되지만 일약 인정받는 선수의 대우를 받게 되었다.

그것으로 그치지 않았다. 그 당시에 꽤 많은 독자를 차
지하던 신문 〈일간스포츠〉에는 대한축구협회 회장 장덕진

씨와 나의 '한국 축구의 현실과 미래' 비슷한 제목의 대담이 실렸다. 고려대학교 출신인 장 회장이 대담 상대로 나를 선정했던 것이다. 그렇게 해서 나는 뜻하지 않게 축구 선수가 되었고 마치 축구계의 주목받는 인사로 등극하기도 했다.

50년 전의 일이다. 지금은 내가 왕년에 축구 선수였다고 해도 누구도 믿어주지 않는다. 신장 162센티미터와 체중 55킬로그램의 철학 교수가 축구 선수라니, 나도 믿지 못했을 것이다. 다행스럽게도 동대문 잔디구장에서 활약하던 사진이 남아 있어 손주들에게 보여주기도 하며 때로는 고등학생들에게 스스로 자랑해보기도 한다.

"결론은 간단하다. 굼벵이도 구르는 재주가 있다. 나도 축구를 전공했다면 박지성 선수만은 못해도 성공하고 돈도 벌었을 것이다"라고.

1945년 8월 15일에 꾼 꿈

내가 스물다섯 되던 해, 1945년 8월 15일. 날씨는 맑았고 더위도 심하지 않았다. 27~28도 정도였을까.

전날 밤, 나는 언제나처럼 비슷한 시간에 잠들었다. 누구의 안내를 받아 갔는지는 모른다. 평안남도 진남포 해변가였다. 도시도 인적도 보이지 않는 바닷가에서 마우리E. M. Mowry(한국명 모의리) 선교사를 만났다. 그는 말없이 나를 이끌고 큰 창고 앞으로 갔다. 문을 열고 들여다보았다. 바다에서 건져 올린 시신들이 작은 산더미같이 쌓여 있었다. 모두가 일본 사람의 주검이었는데 바닷물을 먹어서인지 퉁퉁 부어올라 있었다. 그 옆에도 같은 크기의 창고가 있었는데, 선교사를 따라가 창고 문을 열었더니 마찬가지 모습이다. 쌓여 있는 시체들 속에는 대학 동창이었던 E 군과 또 다른 친구도 있었다. 철학과 동기인 일본 친구들이다.

정말 충격적인 꿈이었다. 그 놀라운 꿈에서 깨어난 뒤에도 장면이 너무 선명하게 남았다. 그리고 다시 잠들었는데 새벽녘에 또 꿈을 꾸었다.

오른쪽 산 위로 무척 큰 태양이 넘어가면서 지고 있는데 서쪽이 아닌 동쪽 산이었다. 저렇게 붉고 큰 태양이 어떻게 동쪽 산으로 내려가는지 놀라서 바라보고 있었다. 그런데 나는 한없이 넓은 농토 한가운데서 소에 연장을 메우고 밭을 갈고 있었다. 끝없이 펼쳐진 옥토였다. 평생을 해도 다 갈지 못할 정도로 넓은 땅이었다. 곧 어둠이 찾아올 것 같은데….

두 번째 꿈이었다. 식구들이 모여 조반을 먹을 때 꿈 얘기를 했다. 듣고 있던 부친이 내 얼굴을 보면서 처음 듣는 얘기를 했다.

"내가 네 나이쯤 되었을 때 꿈을 꾸었다. 동쪽 산 위로 태양들이 떠오르는데 다른 때와 같은 해가 아니고, 고무공 같은 작은 태양이 수없이 많이 올라와 우리 땅에 가득 차더라. 그리고 얼마 후에 소위 한·일 합방이 되니까, 일장기가 우리나라 전 지역을 가득 메우더라. 혹시 오늘 무슨 소식이나 일이 있을지 모르니까 평양까지 가보고 오도록 해라."

평양 도심지까지 갔으나 아무 변화도 없었다. 전차를 타고 시청 앞에 갔을 때였다. 낮 12시 정각이었다. 길가에 있는 가게에서 라디오 소리가 들려왔다. 뛰어내려 가게로 들어섰다. 일본 왕의 목소리가 들렸다. "국내외 모든 지역에서 전쟁을 끝내고 일본군은 무조건 항복한다." 믿기 힘든 사실이었으나, 내 귀로 직접 들었으니까 의심의 여지가 없었다. 태평양 전쟁에서 일본이 미국에 항복한 것이다.

20리가 넘는 길을 걸어 집으로 돌아오면서 생각했다. 앞으로 나는 그 넓은 땅을 갈아 밭으로 바꾸어야겠다고. 지금 돌이켜보면 교육계에서 한평생을 보내라는 뜻이었던 것 같다.

꿈에서야 찾아간 고향

여행하는 사람은 저녁때가 되면 집 생각을 한다. 귀소본능이다. 새들은 둥지를 찾아가고 짐승들은 잠들 곳으로 간다. 외국에 가 머무는 사람은 계절이 바뀌면 고향을 생각한다. 나 같은 늙은이는 고향에 가 잠들기를 원한다. 내 모친도 북녘 땅 가까운 곳으로 가기를 바랐다.

나는 70여 년 전에 고향을 떠났다. 탈북할 때부터 반공 악질분자로 낙인찍혀 있어서 고향을 찾아볼 뜻은 포기하고 지냈다. 그런데 10여 년 전 두 차례 고향을 방문할 기회가 생겼다. 내가 구호단체 월드비전의 명예이사로 있기 때문에 평양지부의 초청을 받았다. 비행기 좌석까지 배정돼 있었으나 갑자기 독감에 걸려 동행할 수 없게 되었다. 두 번째는 평양 과학기술대학 개교식에 VIP 중 한 사람으로 갈 기회가 생겼다. 제자인 김진경 총장이 청해 고려해보기로 했다. 그런데 평양의 정치적 사정으로 행사가 연기되면서 그것도 놓치게 되었다. 그 뒤로는 고향을 찾아보는 소원은 갖지 않기로 했다.

그 대신 꿈을 꾸곤 했다. 어찌어찌 북한에 들어가기는 했으나 고향에 찾아가지는 못했다. 어떤 꿈에서는 겨우 뒷산까지 올라가 고향 마을을 내려다보면서도 간첩이나 불순분자로 몰려 처벌받을까봐 들어가지 못했다. 가족과 친지는 고향에서 추방된 지 오래고 나를 반겨줄 사람도 없었다. 몇 사람이 남아 있기는 해도 공산주의자들이어서 나를 보안서에 고발할 것이다. 그런 때는 다시 목숨 걸고 탈출하는 공포심에 사로잡히곤 한다.

지난밤 꿈에는 다시 한 번 마을 동쪽에 있는 초등학교 뒷산까지 찾아갔다. 소꿉친구 영길이가 보고 싶어서였다. 나보다 두 살 아래지만 20년 동안 같은 마을에서 초등학교와 중학교를 함께 다닌 하나뿐인 친구이다. 동네 사람들에게 들키지 않게 뒷산 길을 돌아 영길이네 집 뒤 언덕까지 갔다. 평양에 살던 영길이가 고향집에 와 있다는 소식을 들은 것이다. 대문은 잠겨 있고 집은 비어 있는 것 같았다. 막상 만난다고 해도 걱정이다. 공산당원이 된 영길이가 고발하면 나는 서울로 돌아오지 못한다.

　그때였다. 대문이 열리더니 영길이가 마당 쪽에 나타났다. 일곱 살 어린 시절로 돌아가 있었다. "영길아!" 부르니 "너, 언제 왔어?"라면서 반겨주었다. 같이 손을 잡고 약속이라도 한 듯이 마을 서쪽 샛강 쪽으로 뛰어갔다. 옛날처럼 개구리 사냥도 하고 냇가에서 물고기도 잡았다. 논두렁 길을 달리기도 했다.

　어느덧 저녁때가 되었다. 영길이네 집 뒤 언덕에 같이 앉았다. 길어 보이던 오후가 지나고 해가 서산에 걸려 있었다. 영길이가 조용히 입을 열었다. 얼굴이 60대의 어른으로 바뀌어 있었다. "형님, 나도 고향을 떠난 지 오래되었습니다. 지금 사는 평양 집도 고향은 아닙니다. 인민공화국 어디에나 사랑이 사라져버리고 말았습니다. 고향은 사랑이 있는 곳이어야 하는데….."

　꿈에서 깨어났다. 옆에 아무도 없었다.

가장 행복했던 순간은

자주 받는 질문이 있다. '100년을 살아오는 동안에 언제가 가장 행복했는가'이다. 대답하기 망설여지는 것은 어떤 기간을 묻는 것인지, 한 사건의 전후인지 확실치 않기 때문이다. 그래서 젊은 세대가 물었을 때는 내가 겪은 사건 중의 하나를 말하고, 나이 든 사람에게는 행복했던 기간을 소개하곤 한다.

내 일생에 걸쳐 가장 행복했던 시기가 있었다면 1961년과 1962년에 걸쳐 미국 대학에 머물렀다가 유럽을 비롯한 세계일주 여행을 한 기간이다. 친구인 안병욱 교수와 서울대학교 한우근 교수와 함께였다. 만일 그 1년 동안의 학문과 사회적 경험이 없었다면 지금의 내 인생과 하는 일의 소중한 일부를 갖추지 못했을 것 같다.

세계적인 대학에 머무를 수 있었고 석학들의 강의와 세미나에 동참할 수 있었다. 철학계는 물론 관심을 갖고 있던 파울 틸리히Paul Tillich, 카를 바르트Karl Barth, 라인홀드 니부어Reinhold Niebuhr 등 20세기를 대표하는 신학자들의 강의와 강연에 참여하기도 했다. 유럽 등지의 문화적 유산과 문물도 찾아볼 기회를 얻었다. 여러 날 인도를 방문한 것도 유익했으나 바이블의 고장들을 순방하는 기회도 생겼다. 한마디로 내 정신세계를 한 단계 업그레이드하는 계기가 되었다.

나를 행복하게 만든 개인적인 사건 중 하나는 최근의 일이다. 7년쯤 전이었다. 충북 영동에 강연을 갔다. 청중 몇백 명이 내 강연에 심취해주었다. 강연을 끝내고 휴게실에서 혼자 휴식을 취하고 있었다. 노크 소리가 들려 들어오시라고 했더니 지방의 유지로 짐작되는 70대 후반의 신사였다. 나와 마주 앉은 그 손님이 "피곤하실 것 같은데 한 5분만 인사드리고 가겠습니다"라고 했다.

안병욱 선생의 건강을 묻기에 병중이어서 외출이나 활동은 못 하신다고 했더니 그가 말했다. "워낙 고령이시니까요. 두 분 연세가 같으신 것으로 기억하고 있습니다. 안 선생님은 직접 뵐 기회는 없었습니다. 그런데 오늘은 선생님께서 고령에도 불구하고 저희 고장까지 방문해 강연해주셔서 정말 감사했습니다. 생각해보면 저희들 젊었을 60년대, 70년대는 정말 살기 힘들었습니다. 경제적 어려움은 견딜 수 있었으나 정신적 방향 상실이 그렇게 힘들 줄 몰랐습니다. 그럴 때 두 분 선생님이 방송, 강연을 해주셨고 책도 남겨주셔서 그 기간을 넘길 수 있었습니다. 저는 마음속으로 하느님께서 힘들어 애태우고 있는 우리 젊은 세대를 위해 두 분 선생님을 보내주셨다고 생각했습니다. 오늘 직접 뵈오니까 감개가 무량합니다. 선생님, 정말 감사합니다. 피곤하실 줄 알면서도 인사드리고 싶어 찾아뵈었습니다."

나도 일어서서 따뜻한 인사를 나누었다. 돌아서서 나가던 그가 발걸음을 멈추더니 "안 선생님을 만날 기회가 생기면 꼭 감사 인사를 전해주시면 좋겠습니다"라고 했다.

나는 그 고마운 마음을 잊을 수가 없었다. 그런 인사를 받을 때마다 수고의 보람에서 오는 행복을 느끼게 된다.

가장 힘들었던 일은

지난주 수요일 오후였다.

　YTN 녹화실로 안내를 받았다. 방송 촬영을 약속했기 때문이다. 대담을 하던 아나운서가 지금까지 살아오는 동안에 언제 가장 어렵고 힘든 일을 겪었느냐고 물었다. 나는 "두 차례 있었는데 첫 번째는 일본에서 대학생 시절 학도병 문제로 고민했던 때"라고 했다.

　얘기를 나누던 아나운서가 글을 읽어보니까 갈대밭 얘기가 나오는데 그 사건은 언제 어디서 일어났던 것이냐고 물었다. 나는 두 번째 이야기를 들려줬다.

　해방을 북한에서 맞이하고 2년 동안 고향에서 조용히 청소년들을 위한 중학교를 운영하고 있었다. 그즈음 조선민주당을 이끌어오던 조만식 선생은 연금되고 함께 중책을 맡았던 김현석은 탈북하기 직전 마지막으로 노모에게 작별 인사를 하러 고향에 왔다가 체포되었다. 그가 바로 우리 중학교 이사장이었다. 그를 붙잡아가는 차량을 집 뒷산에서 바라보았다. 나를 아들같이 걱정해주면서 교장직을 다른 이에게 맡기고 탈북하라고 권고해준 사람이었다. 그 이사장이 어떻게 됐는지는 아무도 모른다.

1947년 8월 광복절 후에 나는 일곱 달 되는 아들애를 업은 아내와 같이 탈북을 단행했다. 모친은 눈물을 훔치면서 말이 없었다. 부친은 맏손자 얼굴이나 한 번 더 보자면서 잠들어 있는 손자의 볼을 쓰다듬어주었다. 그것이 부친과 손자의 마지막 이별이 될 줄은 몰랐다.

기차로 황해도 사리원을 거쳐 해주까지 왔다. 사건이 벌어졌다. 아내와 나는 용당 바닷가로 가다가 보안서원에게 붙잡혔다. 탈북자 수용소로 끌려갔다. 인계받은 계장이 나를 심문하려고 책상 맞은쪽에 앉았다. 바로 그때였다. 벽기둥에 걸려 있는 전화벨이 울렸다. "누구 전화받을 이가 없느냐"고 소리 질렀던 계장이 직접 전화를 받았다. 그런데 그 통화 내용이 내 귀에까지 들려왔다.

"저 ○○ 계장입니다."

"오늘도 거기에서 탈북하다가 잡힌 놈들이 많은가?"

"예, 어제부터 많아지고 있습니다."

"지금 막 평양에서 지령이 떨어졌는데 이제부터 잡혀오는 놈들은 무조건 출발했던 거주지로 감시하에 돌려보내라는 명령이다."

"예, 알겠습니다."

계장은 내 앞자리로 돌아와 앉아서야 그 전화 내용이 떠올랐는지, 잠시 머뭇거리다가 밖에서 대기하고 있던 보안서원에게 내 아내를 데리고 들어오라고 지시했다. 그러고는 자네가 이 두 사람을 데리고 기차나 버스정류장으로 가 떠나는 것까지 지켜보라고 명령했다.

나는 버스정류장에서 보안서원을 설득해 보냈다. 보안서원을 적당히 물리치고 나서 후배 선생이 준 쪽지가 떠올랐다. 함께 교편을 잡았던 그가 내가 고향을 떠나기 전 무슨 예감에서인지 "혹시 필요하실지 모르겠습니다. 제 누님이 해주에 사는데 주소와 전화번호입니다"라며 주었던 것이다. 우리는 그 누님 가족의 안내를 받아 다음 날 야반에 바닷가 갈대밭을 지나 바다를 건넜고 탈북에 성공했다.

나는 방송국에서 녹화하며 아나운서에게 말했다. 이런 운명의 길을 헤쳐오면서 어떤 섭리가 있음을 믿게 되었다고.

최루탄 냄새 자욱했던 고별강연

12월 첫 화요일이었다. 약속한 대로 서울에서 가까운 곳에 있는 대학으로 갔다. 총장을 비롯한 몇몇 교수와 인사를 나누고 강연장인 강당으로 갔다. 학교 측 얘기로는 400여 명이 모였다고 했다. 대학과 관련 있는 분이 많았다.

나를 소개해준 총장의 얘기는 뜻밖이었다. 자기는 스물 몇 살부터 내 방송을 들으면서 자랐고 내 책을 통해 정신적 양식을 얻었다고 말했다. 나를 오늘의 자신을 있게 해준 아버지와 같은 분이라고 했다. 부친은 나보다 두 살 아래였는데 이미 세상을 떠났기 때문에 더 그랬다는 것이다. "그렇게 고마운 분이지만 오늘 비로소 처음으로 뵈었기 때문에 큰절로 인사를 드리고 싶다"고 했다.

총장은 강단 위 의자에 앉아 있는 나를 친히 청중 앞으로 끌어낸 후에 마루에 엎드려 큰절했다. 나는 몹시 당황스러웠으나 그의 진심 어린 큰절을 받아들였다. 부친과 은사에게 드리고 싶은 심정을 이해할 수 있었다. 많은 청중은 감격스러웠는지 박수로 응답해주었다. 총장은 키가 대단히 큰 편이었고 나는 몸집이 작기 때문에 어른이 손아랫사람에게 절하는 것 같은 모습이었을지 모른다.

70분 동안 만족스러운 강연을 끝냈다. 몇 차례 박수를 받기도 했다. 꽃다발을 받았고 개인적인 감사의 인사도 나누었다. 돌아오는 차 안에서 생각해보았다. 비교적 많은 강연을 해왔으나 오늘 강연회도 인상 깊고 잊을 수 없는 시간이었다. 눈을 감고 기억을 더듬어보았다.

대학교수 생활 30여 년을 끝내면서 가졌던 종강 강연회 때가 생각났다. 33년 전이다. 65세에 정년으로 교단생활을 떠나는 해였다.

그날은 연세대학교가 최악의 시련을 겪고 있었다. 전두환 정권에 항거하는 데모가 벌어졌고, 경찰을 비롯한 공권력이 대학 캠퍼스를 가득 메우고 있었다. 수업은 불가능했다. 발포는 없었으나 최루탄으로 학생들이 고통받고 있었다. 후배 교수들과 대학원생들은 내 고별강연을 연기하자고 청해왔다. 나는 개인사정도 있어 10여 명이라도 좋으니

감행하자고 했다. 오래된 약속을 어길 수가 없었다.

　그런데 결과는 뜻밖이었다. 가장 넓은 강의실이 가득 찼고 설 자리도 없었을 정도였다. 강의실 안은 최루탄 가스가 퍼져 모두가 눈물을 참아야 했다. 강의와 질문 시간까지 끝내고 나니까 90분 정도가 지났다. 두세 군데 신문사 기자들도 동참해주었다. 끝나면서 학생들의 상당수는 다시 데모대로 복귀했다. 주관했던 후배 교수들과 감격스러운 인사를 나누고 최루탄 냄새가 자욱한 캠퍼스를 떠나 집으로 돌아왔다.

　기다리고 있던 병중의 아내가 내 얼굴을 쳐다보았다. 말을 못하는 아내가 어떻게 되었는지 묻고 싶었을 것이다. 내가 기대했던 것보다 훌륭하게 잘되었다고 설명했다. 아내는 그럴 것이라는 표정이었다. 마음으로 기도하고 있었을 것이다. 그때가 가장 행복했다.

고해 같은 시절의 유산

고해苦海와 같은 인생이라는 말이 있다. 나는 해방되던 해인 25세 때까지 그런 삶을 살았다. 10대 중반부터 10여 년은 태풍 밑에서 살아남은 셈이다.

숭실중학교 3학년을 마칠 때 우리 학교는 폐교 운명에 직면했다. 일제강점기 때 신사 참배를 거부했다며 선교사인 교장이 추방당했다. 떠나면서 학생 500명에게 고별사를 했다. 오른쪽 주먹을 불끈 쥐고 처들면서 "Do, Do"라는 함성을 일곱 번 소리쳤다. 선조나 선배처럼 약자가 되지 말라는 뜻으로 나는 받아들였다. 나라를 되찾고 인간답게 살라는 호소였다.

나는 깊은 고뇌에 빠졌다. 신사 참배를 하며 학교에 머무를 것인가, 거부하고 떠날 것인가. 같은 반 윤동주는 만주 간도로 떠났고 나는 자퇴했다. 고향 교회의 김철훈 목사와 장로들이 신사 참배를 거부한 죄로 고문당한 사실을 알고 있었다. 신앙적 양심과 애국심을 포기할 수 없어서였다. 나도 그 길을 따라야 한다고 결심한 것이다.

지금 생각해보아도 잘못된 선택은 아니다. 다른 학우들은 신사 참배를 하더라도 학업을 계속하겠다는 쪽이었고, 나는 갈 곳이 없었다. 평양부립도서관에서 책을 읽기로 했다. 자전거로 통학하던 때였다. 오전 9시에 도서관에 도착해 오후 5시까지 독서했다. 당시 내 모습을 회상할 때마다 눈시울이 뜨거워진다.

1년이 지났다. 개학 때 나는 다시 교복을 입고 학교에 찾아갔다. 받아주지 않는다면 돌아와야 했다. 층층대를 올라 현관문을 열고 들어설 때였다. 복도를 지나가던 김윤기 선생이 "너, 형석이구나!"라면서 나를 이끌고 다니며 재입학 절차를 밟아주었다. 마치 '우리가 얼마나 너를 기다렸는지 모르지?'라고 나무라는 것 같았다.

다시 학생이 된 첫날, 신사 참배를 가야 했다. 평양 신궁 앞에 줄지어 섰다. 체육 선생이 구령을 내리고 우리가 90도로 절하고 퇴장할 때였다. 맨 앞에서 경례하고 돌아서는 교장의 주름 잡힌 얼굴에 눈물이 흐르고 있었다. 그 모습을 보고 마음이 아팠다. 우리 대신 십자가를 진 것이었다.

그해에 나는 가장 행복한 학교생활을 했다. 어머니 품을 떠났다가 돌아온 어린애 같은 1년이었다. 내가 나중에 제자들에게 작은 사랑이라도 베풀었다면 그 1년 동안 사랑 있는 교육을 받았기 때문일 것이다.

그러나 1년 후에 일제는 우리 학교를 폐교하고 평양 제3 공립중학교로 개편했다. 일본 학생들과 공학하는 황국 신민 양성소로 만들었다. 그 1년 동안은 소년 교도소 같은 생활을 했다. 교내에서는 우리말을 하지 못하는 교육을 받아야 했다.

교육을 정치 이념 수단으로 삼는 공산 치하의 교육과 학생들을 어리석은 백성으로 키우려는 식민지 교육을 보면서 나는 교육의 의미를 깨달았다. 한편으론 고마운 일이었다. 사랑이 있는 교육의 가치를 그때 알았다. 힘든 과거가 내게 남긴 유산이다.

그보다 더 감사한 것이 있다. 1년 휴학하는 동안 독서를 통해 오늘의 내가 태어난 것이다. 물론 그때는 몰랐다. 그 독서가 나를 정신적으로 성장하게 하고 철학도로 이끌어 주리라고는.

열네 살의 기도

나이 때문일까. 요사이는 어디 가서 한 시간 이상 앉아 있
는 것이 고역이다. 그래서 교회에 나가는 일도 삼가는 때
가 있다. 차라리 강의를 한다면 오랜 습관 때문인지 힘이
덜 든다.

지난 금요일 저녁에는 우리나라 철학계를 대표하는 계
간지 〈철학과 현실〉 30주년을 기념하는 축하 모임이 있었
다. 내가 3년 동안 기고를 한 일도 있었으나 친구인 김태
길 교수가 남겨준 것이기 때문에 2시간 동안 동석하게 되
었다. 내가 맡은 격려사는 10분 이내에 끝났고 한 시간은
만찬으로 환담을 나누기로 되어 있었다.

참석한 사람들은 철학계의 원로 교수들이었다. 하지만
나보다는 15년 이상 연하의 후학들이었다. 내가 너무 오래

산 것 같다는 송구스러운 마음이 없지 않았다. 우리 철학계에서는 초창기의 안호상 박사와 연세대학교의 정석해 교수가 97세까지 사셨다. 고형곤 교수는 98세까지 건강을 유지했다. 그런데 내가 그 선배들보다 3~4년이나 더 장수한 셈이다. 김태길 교수는 10년 전에 세상을 떠났다. 안병욱 교수도 5년 전에 작고하고 나만 남았다.

사람들이 우리 '철학계 삼총사'에 대해 하는 말이다. 김태길 교수는 학鶴상이어서 장수하면서 말년에 영광을 누리리라고 했다. 안병욱 교수는 거북龜상으로 장수는 물론 언제나 자부심을 갖는다는 것이다. 나는 양羊상이라 가진 것은 없으나 많이 베풀면서 살 팔자라고 해서 웃은 적이 있다.

그런데 내가 두 친구보다 오래 살았다. 그리고 지금까지 꾸준히 일해온 셈이다. 누가 더 건강한 사람이냐고 물으면 나는 '같은 나이에 일을 더 많이 하는 사람'이라고 대답한다. 그런데 지금은 나만큼 오래 많은 일을 한 사람은 적은 것 같다. 안 교수는 내게 "김 선생은 나보다 정신력이 강하니까 우리(자신과 김태길)가 남겨놓고 가는 일들을 마무리해줄 것으로 믿는다"는 말을 한 적이 있다. 그 말이 친구가 남겨준 유언이 되었다.

사실 나는 그 누구보다도 병약하게 태어났다. 어머니는 내가 듣는 앞에서도 "네가 스무 살까지 사는 것을 보았으면 좋겠다"고 말하곤 했다. 그뿐만이 아니다. 가난한 어린 시절을 보냈다. 그 당시에는 모두가 가난했으나 내 경우는 가난이 너무 힘든 짐이었다. 친구들을 생각할 때는 부럽기도 했다. 내가 받은 초등학교 교육은 형편없었다. 마쳐봐야 중학교에 갈 자격도 모자라는 시골교회 학교에서 배웠다. 남들이 다 가는 공립학교에도 가보지 못했다.

그렇게 긴 세월을 보낸 내가 지금은 철학계에서 오랫동안 일 많이 하는 원로 중의 한 사람이 되었다. 그 때문에 지금도 내가 잊지 못하는 한 가지 사실이 있다. 열네 살에 내가 올린 기도다.

"하느님, 저에게 건강을 주셔서 중학교에도 가고 오래 살게 해주신다면 제가 저를 위해서는 일하지 않고 하느님의 일을 하겠습니다."

제2의 고향, 양구

지난 수요일은 모처럼 공식 일정이 없는 날이었다. 오래간만에 강원도 양구에 다녀오기로 했다. 그 전날에는 전국적으로 대설주의보가 내렸는데, 강원도 북쪽으로 접어드니 설경이 장관이었다. 아주 오래전 북한 고향에서 본 설경 같아서 노구임에도 피곤을 잊을 수 있었다.

양구에 갈 때마다 세 곳을 찾아보곤 한다. 처음 들르는 곳은 양구근현대사박물관이다. 그 2층에 가면 내가 모아 소장하고 있던 정든 도자기 200여 점이 나를 기다리고 있다. 만들어진 시기가 고려시대부터 구한말까지 걸쳐 있는 다양한 토기와 자기들이다. 고가의 관상품은 아니나 우리 선조들이 사용하던 유물이어서 인간미가 풍기는 것들이다. 전국에서 생산된 것이 한자리에 모여 있다. 모두가 30년 정도는 나와 함께 지낸 물건이다.

조지훈 시인이 한국의 백자를 찬양한 시문詩文이 액자로 걸려 있다. 문인화의 대가였던 김용진의 그림 두 폭도 제자리를 차지했다. 아내가 쓰던 붓글씨 유품도 나를 반겨준다.

다음에 찾아가는 곳은 '김형석·안병욱 철학의 집'이다. 지난겨울에 새로 건축한 기념관이다. 박물관 앞 호수 맞은편 용머리공원에 있다. 5년 전 공원 조성과 더불어 지어진 문화회관 뒷자리다. 아래층에는 안 선생의 유품과 서예 작품, 저서가 넓은 공간을 차지했다. 나와 안 선생은 같은 해에 서로 가까운 고향에서 태어났다. 중·고등학교를 같이 평양에서 보냈다. 후에는 일본에서 철학 공부를 했다. 윤동주 시인은 나와는 숭실중학교 동창이면서 안 선생과는 대학 때 친분을 나누기도 했다.

귀국한 뒤에는 철학 교수로 50년 동안 함께 일해온 친구다. '철학의 집'은 그 뜻을 잘 아는 양구 유지들이 우리를 위해 장만해준 기념관이다. 우리의 업적과 생애를 소개해주는 장소인 셈이다. 철학계의 후배들과 여행객들이 찾아주곤 한다. 옥상 베란다에 올라서면 파로호破虜湖가 멀리까지 시야를 넓혀주며 아름다운 숲을 지닌 산들이 평화로운 풍치를 만끽하게 한다.

양구는 내 조국 한반도의 정중앙에 해당한다. 그 위치를 기념하는 천문대가 있고 향토풍을 잘 전해주는 박수근 화가의 생가 자리에는 석조로 된 기념 미술관이 있다. 수녀 이해인 시인의 고향이기도 하다. 시와 그림과 철학이 숨쉬는 문화의 고장이다.

나는 양구에서 돌아서게 될 때 세 번째 장소에서 발걸음을 멈춘다. 용머리공원 좌측에 있는 안병욱 선생 묘소이다. 오늘은 흰 눈이 소복이 묘비까지 감싸주고 있다. 안 선생은 5년 전 여기에 잠들었고 지난해에는 아내도 자리를 같이했다. 그 옆은 내가 갈 자리로 되어 있다.

그리운 고향에 갈 수는 없지만 마음 둘 고향이 있어 감사한 일이다. 안 선생과 나는 정든 북녘 고향을 떠나 70년 동안 여러 곳을 헤매다가 영혼의 고향을 찾아 이곳 양구에 안식하게 된 것이다.

미국 동생의 이야기

미국에 살던 동생 D가 세상을 떠났다는 소식을 들었다. 해방 후까지 D의 부친은 평양에 인쇄소를 갖고 있었는데 사장이라는 죄목으로 빼앗기고 황해도로 추방당했다. D는 크리스천이어서 불순분자 자녀로 몰려 교육도 별로 받지 못했다. D는 호기심이 강하고 모험을 좋아하는 성격이었다. 6·25전쟁 때 탈북해 국군으로 입대했다. 제대한 뒤 미군 부대에 취직해 자동차 정비 기술 자격증을 취득하고 미국으로 이민 가는 길을 택했다.

그가 워싱턴DC 부근에 살면서 볼보자동차 기술자로 안정된 생계를 누리고 있을 때였다. 미국 시민권 소유자는 북한을 방문할 수 있다는 소식을 듣고, 두고 온 가족을 찾아보기로 했다.

적지 않은 달러를 장만해 평양까지 갔다. 안내원이 배정되었다. 물론 감시 책임자였다. 그에게 돈을 좀 주면서 "앞으로도 가족을 위해 올 기회가 생길 테니 친구가 되자"고 꾸며댔다. 보통강 호텔에 머물며 사나흘 기다렸더니 시골에 살던 가족에게서 연락이 왔다. D는 안내원을 따라가 모친과 두 남동생을 만났다. 전에 살던 집이 아니고 새로 꾸며진 깨끗한 집이었다. 아들이 미국서 왔다고 해서 좋은 집으로 옮겨 왔다고 어머니는 설명했다. 아무도 없을 때 어머니와 귓속말로 나눴다는 대화다.

"네 막냇동생은 빨갱이가 다 됐다. 무슨 얘기를 해도 들어두기만 해라."

"큰동생은요?"

"걔야 너와 같은 생각이지."

저녁상을 차려놓고 가족이 둘러앉았다. 막냇동생이 "형님은 이렇게 살기 좋은 인민공화국을 배반하고 왜 자본주의 국가인 미국으로 갔느냐"고 힐난했다. "찾아오지나 말지. 형이 미국 놈이 됐다고 하면 우리는 앞으로 고생을 어떻게 견디라 합니까?" 그 얘기를 들은 큰동생은 "오늘은 그만하자. 형은 인민군으로 갔다가 포로가 되어 할 수 없이 미국까지 가게 된 거야"라면서 억지 설명을 했다.

안내원의 친절로 미국서 온 일행이 떠날 때는 순안비행장으로 가족이 배웅을 나올 수 있었다. 비행기에 오르면서 어머니 손을 잡았다. 어머니는 말없이 눈물만 흘리고 있었다. 큰동생은 "형님은 왜 나까지 버리고 갔어요? 아무리 열심히 노력해도 평양에 가 살지는 못해요. 공산당원이 될 자격도 없고요"라고 했다. 막냇동생은 큰형의 손을 잡아주지도 않았다. D는 후일 나에게 그런 얘기를 하면서 "형님, 비행기 안에서 얼마나 울었는지 모릅니다. 큰동생에게는 죄인이 되고, 막냇동생과는 형제가 아닌 것 같았어요"라고 했다.

어렸을 적에 D가 옛날이야기를 해달라고 졸랐다. 고래와 코끼리 얘기를 지어 시간을 보내기도 했다. 토끼가 바다의 고래 꼬리와 산 너머 사는 코끼리 코에 밧줄을 매고 산 위에서 북을 쳤다. 두 거물은 밧줄을 당기기 시작했다. D가 그래서 어떻게 됐느냐고 궁금해하며 묻는다. 나는 "아직도 줄 당기기 싸움을 하지. 내일까지는 힘겨루기를 계속하니까 그 얘기가 끝나면 또 다른 옛날이야기를 해줄게" 하고 달랬던 일이 기억난다.

어렸을 때는 모두가 행복했는데 그 따뜻한 사랑의 끈을 누가 끊어버렸을까.

아내의 전시회

전화가 왔다. "선생님, 안녕하셨어요? 저 B대학교의 M 교수입니다. 며칠 전에 전주에 갔다가 여산재餘山齋에 들렀다 왔습니다. 선생님의 시비詩碑가 있다고 해서요"라는 인사였다. "거기에 내 시비가 있다는 것은 아무도 모르는데 어떻게 아셨어요?"라고 물었더니 제막식에 참석한 대학 선배가 권해서 다녀왔다는 것이다.

여산재는 국중하 회장이 실업계에 몸담고 있으면서 지역 문학인들을 위해 건립한 문화 공간이다. 녹음에 둘러싸인 아름다운 산골에 산장과 강당을 지었다. 주변 숲속에는 여러 시인과 저명인사의 시비가 세워져 있다. 문예인들의 모임도 있고 문학 강연이 개최되기도 한다.

설립자 국 회장이 2년 전부터 내 시비를 세우고 싶으니까 참여해달라는 요청을 해왔다. 나는 시인도 아니고, 여러 분의 시비 속에 끼어들면 부끄러워질 것 같기도 해 사양해왔다. 국 회장의 인품과 성의를 끝까지 거절할 수가 없어, 시가 못 되는 짤막한 글을 보냈는데 그것이 시비가 된 것이다. 지난 6월 초 제막식 때는 아무도 모르게 나 혼자 참석한 것으로 그 일이 마무리된 셈이었다.

그런 사연이기 때문에 나는 M 교수에게 "내 시비가 높은 자리를 차지하고 있어 여러 시인의 명예에 누가 되지는 않았어요?"라고 물었다. "아닙니다. 같이 갔던 아내가 김 교수님의 시비와 글이 가장 인상에 남는다고 하던데요"라는 위로의 말을 해주었다.

전화를 끊고 나서 아내 생각이 떠올랐다. 50대 때 아내가 친구들과 같이 서예 공부를 시작했다. 아내의 소질을 잘 알고 있어서 별로 기대는 갖지 않았다. 1년쯤 지나면 동우회원들의 전시회가 있을 듯싶은데 아무 소식도 없었다. 또 한 해가 지났을 때였다. 뒷집 이한빈 선생 사모가 "교수님은 사모님 전시회에 나오지 않으시나요?"라고 물었다. 생각해보니까 아내가 자신의 작품이 창피스러워 보이고 싶지 않으니까 숨겨 넘길 심산인 것 같았다.

그날 저녁, 내일은 시간이 있으니까 오후 3시에 광화문

전시장에서 만나 당신 작품도 감상하자고 제안했다. 아내는 알리고 싶지 않았는데 할 수 없다고 단념하는 표정이었다. 전시장에서 작품들을 보다가 내가 저쪽의 당신 것을 먼저 보자고 앞장섰다. 노력은 했으나 역시 마음에 들지는 않았다. 그래도 "생각한 것보다 좋은 작품인데요. 다른 글씨들은 다 비슷비슷한데 당신 글씨는 개성이 뚜렷해서 생명력이 있어요"라고 칭찬해주었다. "2~3년만 더 노력하면 예술성도 풍부해지고 서예가로도 자리 잡을 수 있겠다"고 위로도 해주었다. 뜻밖의 칭찬에 아내도 만족한 모양이다. 내 감상력은 인정하고 있었으니까. 그날 저녁 식탁에서 아내가 "너희들도 엄마 전시회에 가볼래?"라고 권했다.

그 액자를 찾아보았다. 어느 방에 걸려 있었는데 어디로 갔는지 사라지고 안 보인다. 미국에 사는 딸이 가져다가 걸어놓고 있는지 모르겠다.

도자기 사랑

오래전 일본에서 있었던 일이다. 한 도자기 수장가의 집에 미국 대사관 사람이 방문했다. 기다리고 있던 수장가가 안내를 받으면서 들어오는 손님을 보았더니 아내와 두 어린이가 동행하고 있었다. 그래서 그 주인은 오늘은 차나 마시면서 담화나 나누다가 가시는 것이 좋겠다면서 도자기 보여주기를 거절했다. 어린이들을 동반했기 때문이다. 골동품이 애들의 장난감이 될 수는 없었던 것이다.

미국보다 오랜 역사를 지닌 골동품 수집가들에게는 그들 나름대로의 예규가 있다. 도자기를 감상할 때는 정좌를 한다. 그리고 한 손으로 물건을 잡는 일은 금물이다. 30센티미터 이상 높이로는 들어올리지 않는다. 간혹 실수를 하더라도 파손되는 일이 없도록 마룻바닥에 깔개를 준비하기도 한다. 다른 골동품보다도 도자기에 대한 애호는 극진하다.

임진왜란 때 가지고 간 도자기들을 400여 년간 조심스럽게 애용하고 보관하다가 지금은 거의 국보급 대접을 하면서 박물관에 보존하고 있을 정도이다. 그들이 가장 소중한 애장품으로 여기는 이도井戸잔은 옛날 우리 선조들이 사발로 쓰던 일상 식기였다. 몇 점 안 되는 그 막사발이 지금은 가장 고귀한 보물로 지정되어 있다. 그만큼 그 도자기들을 사랑했다는 증거이기도 하다.

우리나라 옛날 도자기들에 대한 연구와 문화적 가치를 높이 평가해준 것도 일본 학자들의 선구적 업적이었다. 간송 전형필 같은 사람이 선대로부터 물려받은 농경지까지 팔아 일본으로 건너간 문화재들을 다시 사들이는 정성을 보였다. 존경스러운 대국적 쾌거라고 생각한다. 또 그렇게 골동품이나 도자기를 사랑하는 사람들의 심정은 경험해본 사람들만이 안다.

내가 친분이 있는 한 대학교의 총장은 장인이 남겨준 도자기를 잘못 건사해 깨트렸다. 그 사실을 안 장인이 얼마나 화를 냈던지 머리를 숙여 사과했다는 얘기를 했다. 그 장인이 "너 같은 사람에게 애장품을 유산으로 준 내가 어리석었다"고 말하며 분노했다는 것이다.

요사이 며칠 동안 나는 옆에 두고 있던 도자기들을 강원 양구 '철학의 집'으로 보내기 위해 정리하는 중이다. 옛날 서민들이 썼거나 애장했던 도자기들이다. 값비싼 것도 아니고 박물관에 갈 정도도 못 된다. 그저 내가 사랑했던 것들이며 몇십 년 동안 아끼던 물건들이다.

물건을 정리하다가 조선왕조 초기 것 두 점과 후기 단지가 나왔다. 나는 입속으로 '너희도 양구로 가야지?' 하고 물었더니 그 도자기들이 하나같이 '저희는 끝까지 주인님과 같이 있다가 이다음에 같이 가게 해주세요'라고 말하는 것 같았다. 나도 '그래, 너희는 이다음에 같이 가자…' 하고 마음으로 약속했다.

그 얘기를 옆에서 물건들을 정리하며 포장해주던 이에게 했더니, 그 여자분은 머리를 숙이면서 눈물을 닦고 있었다. 내 마음을 충분히 이해할 수 있었던 것이다.

나는 언제쯤 철이 들까

서구 문학에 관심 있는 사람은 비극悲劇을 잘 쓴 두 작가를 기억한다.

처음은 《오이디푸스 왕》을 쓴 소포클레스다. 오이디푸스 왕은 출생 때부터 아버지를 죽이고 어머니를 아내로 맞이하는 운명을 갖고 태어난다. 부왕과 왕후는 물론 본인도 그 운명을 벗어나려 하지만 운명대로 되어 스스로를 저주하면서 자멸의 길을 택한다.

다음 작가는 셰익스피어다. 그는 타고난 성격은 누구도 극복할 수 없다고 생각했다. 《햄릿》의 주인공 햄릿이 대표적이다. 성격은 제2의 운명이다. 한때 행동과학을 연구하는 사람들은 주장했다. 성격을 바꾸기 위해서는 습관을 바꿔야 하고, 습관을 바꾸려면 행동을 바꿔야 한다고. 행동

113

을 바꾸려면 생각을 바꾸는 것으로 시작하고, 동기를 부여하는 노력이 중요하다.

하지만 주어진 성격은 변하지 않는다. 더 좋은 사과를 많이 맺을 수는 있으나 사과나무에서 포도가 열릴 수는 없다. 성격은 깔린 철로와 같아서 인간은 그 궤도를 벗어날 수 없다.

나는 요사이 과거를 반성한다. 할머니와 부친 성격을 많이 물려받았다. 어렸을 때 작은할아버지 집에 갔다. 식사할 때 할머니가 자꾸 많이 먹으라면서 다 먹은 밥그릇에 밥을 더 얹어주어서 울어버린 기억이 있다. 할머니는 황급히 "그래, 먹기 싫으면 안 먹어도 돼"라면서 자기 잘못이라는 듯이 위로해주었다.

초등학교 때는 아버지가 연설 대회에 내보낸 적이 있다. 내용은 다 외우고 있었는데 청중 200명 앞에 섰더니 많은 시선에 압도됐다. 결국 연설도 못하고 울먹이다가 내려왔다. 그다음부터는 부친이 다시는 연설 대회에 내보내지 않았다.

중학생이 되어 다른 사람의 강연이나 연설을 들으면서 몹시 부러워했다. 내게는 마이크를 잡고 대중 앞에서 연설하는 기회가 없을 줄만 알았다. 그런데 지금은 내가 이름

있는 강연자로 꼽히게 되었다. 한 선배는 가장 논리적이면서 설득력 있는 강연을 한다고 평했다.

그것만이 아니다. 나는 어딘가 모자라는 데가 있었다. 중·고등학교 친구들은 다 그렇게 생각했다. 김태길 교수도 80이 넘은 나에 대해 "김 교수는 철이 늦게 드는 편이라 오래 살면서 일할지 모른다"고 놀렸다. 나도 인정한다. 지금도 나는 1~2년 전에 한 일을 후회하는 때가 있다. 나는 언제쯤 되면 철이 들지 모르겠다며 스스로에게 타이르기도 한다. 그런데 적지 않은 사람이 나를 고마운 스승 중 한 사람이라고 말한다. 100세까지 산 것밖에 없는데….

그 이유는 무엇일까. 사람은 저마다 한 가지씩 장점을 갖고 있다. 나는 철들면서부터 기독교 신앙을 갖고 자랐다. 신앙은 누구에게나 네 생애를 다 바쳐서라도 이루어야 할 사명이 있다고 가르친다. 사명 의식에 가까운 그 책임이 있었기에 오늘의 내가 다시 태어나곤 하는지도 모르겠다. 존경하는 윤동주 시인 같은 친구들이 모두 그러했듯이.

두 스승과 두 친구

지난주에 책 두 권이 배달되었다. 고려대학교 동문들이 보낸 인촌仁村 김성수 선생에 관한 책과 세 철학자가 남긴 《인생의 열매들》이었다. 나에게는 두 스승과 두 친구가 있었다는 사실을 다시 한 번 생각하게 되었다.

도산 안창호와 인촌 김성수 두 분은 내가 직접 가르침을 받은 은인이다. 17세 때 도산의 마지막 설교를 들었고, 27세부터 7년간 중앙고등학교 교사로 지낼 때는 재단 이사장이던 인촌의 정신적 영향을 받으면서 일했다. 왜 그분들을 잊지 못하는가. 그들의 희생적인 애국심에 감명을 받았기 때문이다. 그리고 두 분의 폭넓은 우정과 사랑이 있는 인간성에 공감했던 것 같다.

우리 사회에서 흥사단만큼 인재들이 모여 민족에 봉사

하는 공동체가 없다. 그것은 도산의 인격과 국가와 민족을 위한 흠모심 때문이다. 죽더라도 거짓말은 하지 말자던 도산의 말씀은 오늘도 절실한 충언이다.

1955년, 인촌의 장례식 날 오후였다. 나도 그 행렬을 따라갔다. 운구 행렬이 고려대학교 교정에서 끝났다. 고려대학교 교수들이 휴게실에 모여 "선생이 살아 계실 때는 우리가 가장 사랑을 받아왔는데, 상대적으로 정치성이 짙은 국민장이 되니까 좀 아쉽다"는 얘기를 했다.

고당 조만식 선생의 사모님 얘기도 생각난다. 해방 후 평양에서 남편과 작별하고 그의 유품 머리카락을 안고 서울에 왔을 때 앞날이 막막했다. 그렇다고 어디 가서 호소할 곳도 없었다. 그때 인촌이 사람을 보내와 찾아갔다. 인촌은 얼마나 힘드시냐고 사모님을 위로하면서 필요하면 거처할 집이라도 준비하여 드리고 싶다고 했다. 도와달라는 소리가 입안까지 차 있었는데, 두고 온 남편 말이 생각나 "괜찮습니다. 여러 분이 도와주고 있어서…"라고 거짓말을 하고 떠나왔다는 얘기였다. 누구에게도 폐를 끼치지 말고 나 대신 고생해달라던 고당의 간곡한 유언이 생각났기 때문이라고 했다.

내 친구인 안병욱과 김태길도 그랬다. 우리에게 오늘이

있게 된 배후에는 젊은이들과 나라를 위하는 공통된 뜻이 있었다. 그 마음 때문에 50년간 우정을 갖고 함께 일할 수 있었다. 그러면서도 두 친구는 도산, 인촌과 같이 인간미가 풍부했다. 직업과 사회적 편견을 벗어나 인간다움을 잃지 않고 살았다.

한번은 서울대학교에 일이 있어 찾아갔다. 기다리고 있던 김태길 교수가 뜻밖이라는 표정을 꾸미면서 "난 오늘 김 교수는 못 오는 줄 알았어!"라고 했다. "왜?" 했더니 "바람이 몹시 불어서 도중에 날아간 줄 알았지"라고 해서 모두 웃었다. 그러면서 잡은 손이 유달리 따뜻했다. 그 손이 말하는 것 같았다. '너무 오래 못 만났어…'라고.

안병욱 선생도 친구로서 나에게 유언을 남겼다. "김 선생은 우리들보다 정신력이 강하니까 우리가 못다 한 일들을 잘 마무리해줄 거야…." 더 이상 건강이 유지되기 어려움을 예감한 듯했다. 안 선생도 그렇게 떠났다.

3부

사랑은 언제나
아름다운 마음으로 남는다

그래도 2분의 양심은 있군

지난 화요일은 아침부터 바쁘게 지냈다. 조찬 모임 강연을 위해 수원 상공회의소에 다녀왔다. 아침 6시에 집을 나섰다가 10시가 되어 돌아왔다. 저녁에는 내가 10여 년 동안 지켜온 화요 모임이 있었다. 모임 장소는 거리도 멀고 교통이 불편한 편이다. 저녁 7시부터 90분 정도 강의와 대화를 나누다가 늦은 시간에 귀가한다.

사실 그날은 내 생일이었다. 만 99세를 채우고 100세가 시작된 날이다. 쉬면서 가족과 시간을 함께하고 싶었는데 뜻대로 되지 못했다. 오래전부터 내 생일이 있는 한 달은 봉사의 달로 보내기로 마음먹었다. 내가 세상에 태어난 것도 감사하나, 많은 사람의 도움과 사랑을 받아 오늘에 이르게 됐으니 그 정성에 보답할 수 있기를 원했다. 그래서 청탁을 받는 대로 일하기로 마음먹었던 것이다.

금년 4월에는 24회의 강연을 하기로 되어 있고, 5편의 글을 조선일보와 동아일보에 보내야 한다. 남는 시간을 나와 가족에게 할당하고 보니까 생일잔치는 생각해볼 여유가 없었다. 그래서 100세를 기념하는 모든 행사는 명년으로 미루었다. 미국에 사는 가족도 내년 계획으로 바꾼 모양이다.

저녁 늦게 집에 돌아왔는데, 갑자기 두 친구 생각이 났다. 한번은 내가 안병욱과 김태길 선생에게 "우리 셋이 모두 동갑인데 생일을 따져보고 형과 아우의 서열을 정하자"고 제언했다. 나대로 속셈이 있었다.

안 선생은 "꼭 그래야 하나?"라면서도 자기 생일은 음력으로 6월이라고 했다. 김태길 선생은 호적에 있는 생일은 그만두고 실제 나이로 따지자면서 자기는 선친이 출생신고를 늦게 해 실제 생년월일과 다르다고 했다. 내가 실제 나이라야 한다고 했더니 자기는 1920년 1월 1일 0시 2분에 태어났다고 우겼다. 그러면서 싱긋 웃는 표정이 '할 말 없지?'라고 묻는 듯했다. 나는 "그래도 2분의 양심은 남아 있군"이라고 대꾸했다. 안 선생도 내 편이라는 듯이 웃었다. 그렇게 해서 내가 맏형이 된 것이다.

지금은 두 친구 모두 내 곁을 떠났다. 형의 행세도 끝난 지 오래다. 그런데 이상한 일이다. 두 친구가 살아 있을 때는 생일을 기억하고 있었는데 세상을 떠나니까 생일은 사라지고 기일이 그 자리를 대신한다. 생일은 삶의 기간과 함께 끝나는 것일까. 기일은 쉬 잊히지 않는다. 내 모친의 경우도 그렇다. 생일은 기억에서 사라지고 세상 떠난 날이 생생히 떠오르곤 한다.

나도 그럴 것 같다. 지금은 가족과 나를 기억해주는 사람들이 생일을 축하해주지만 내가 세상을 떠나게 되면 기일을 기억해줄 것이다.

그런데 더 긴 세월이 지나면 사회와 역사적으로 존경받을 만한 사람들은 생일과 기일을 함께 기억해준다. 그들의 고마운 마음과 남겨준 업적을 기리는 마음에서일 것이다. 생일을 지니고 살다가 기일을 남기는 사람도 의미 있는 생애를 살았겠지만, 두 날 다 많은 사람이 오래도록 기억해주는 사람은 감사와 존경의 대상이 되는 것 같다.

오래 산다는 것이 축복인가

버스를 기다리다가 동네 사람을 만났다. 인사를 나누고 "참, 어제 교회에 다녀왔지요?"라고 묻기에 "나는 다른 일이 있어 나가지 못했는데"라고 했다.

내가 교회로 안내한 후배이다. 그는 "안 나가시기를 잘했습니다. 목사님 설교를 듣다가 좀 민망했습니다"라는 것이다.

목사님 설교는 이런 내용이었다. "노령 인구는 계속 늘어나는데 출생률은 떨어지고, 청장년들은 마땅한 일자리가 없어 고민하고 있습니다. 이대로 가면 젊은이 한 사람이 두 늙은이를 봉양하게 될 테니까 아들딸들의 장래를 위해서라도 오래 살지 말아야겠어요. 저도 80이 넘으면 더 사는 것이 좋은지 모르겠습니다…." 후배는 "저도 3년 지나면 80이 되는데, 교수님이 오셔서 그 설교를 들으시면 어떻게 하나 걱정했다"고 덧붙였다. 함께 웃었다.

버스를 타고 나 혼자 또 미소를 지었다. 지난해에 들은 얘기가 생각났다. 서울에 사는 50대 남자가 어려서부터 아버지 친구이면서 자기를 사랑해주던 노인에게 세배를 드리러 수원까지 갔다. 복장을 가다듬고 예의를 갖춰 공손히 엎드려 큰절을 드리면서 말했다. "백수白壽 하시기 바랍니다!" 이전 같으면 반기면서 덕담도 하고 먼저 세상 떠난 아버지 얘기도 하셨는데, 아무 말씀도 안 하셨다. 밖으로 나와 친구인 아들에게 그 얘기를 했다. 아들이 "뭐? 백수 하시라고 그랬어? 명년이면 백수가 되셔. 1년만 더 사시라고 했구먼…"이라면서 걱정했다.

그 말을 들은 친구가 큰일 났다 싶어 다시 들어갔다. "세배를 다시 드리겠습니다. 만수무강하시기 바랍니다"라고 했다. 그제야 밝은 표정을 지으면서 "멀리서 왔는데 놀다가 가게. 명년에 또 오게나"라면서 반기더라는 얘기다.

객관적으로 따져보면 목사의 설교도 일리가 있다. 그러나 그 목사도 80이 되면 생각이 달라질지 모른다. 삶에 대한 애착만큼 강한 욕망이 없기 때문이다. 그렇다고 모두가 100세 이상 살게 되면 그것은 더 큰 사회 문제가 된다.

인생이란 쉽게 체념할 수도 없고 욕심으로 채워지는 것도 아니다.

나 같은 사람은 더욱 처신이 곤란해진다. 나이를 자랑할 수도 없고, 후배나 젊은이들에게 죄송스러운 생각이 들기도 한다. 그래서 지금은 얼마나 오래 사는 것이 좋으냐고 누가 물으면 "일할 수 있고 다른 사람들에게 작은 도움이라도 줄 수 있을 때까지"라고 말한다.

오래전에 어린이들을 위해 나는 글을 쓰고 변종하 화백이 삽화를 그려 동화책을 낸 일이 있다. 그 화백은 암으로 투병하는 중에도 세상을 떠나기 3개월 전까지 가족의 부축을 받으면서 그림을 그리다가 별세했다. 이처럼 우리에게 무엇인가 주기를 바라고, 줄 수 있는 사람에게는 장수가 자랑스러운 축복일 수 있다.

나 말고 다른 이에게 갚아라

오래전 일이다. 대학생 10여 명이 모이는 성경 공부를 도와주고 있었다. 그 회원이었던 J 씨는 지금 캐나다에 사는데 지난달에 우편물을 하나 보내왔다. 당시 일을 회상하는 얘기를 하면서 대구에서 발행한 한 일간지 기사를 곁들였다.

'지난 늦가을에 B라는 여의사가 세상을 떠났다'로 시작하는 기사였다. 나도 잘 알고 지낸 성경 공부 회원이었다. 기사를 더 옮겨본다.

'지금은 고려대학교 의과대학으로 편입된 수도여자의과대학 재학생이었다. 졸업 후에 고향인 대구로 돌아가 경북대학교 의과대학의 교수인 남편과 결혼하여 부부 의사가 되었다. 개인 병원을 운영하면서 최근까지 가정의로 많은 환자를 돌보아주었다. 83세에 세상을 떠났다. 작고한 후에야 알려지지 않던 그의 희생적인 봉사 활동이 전해지면서 많은 사람들의 칭송을 받았다….'

의사 B는 가난한 환자에게는 무료 치료를 아끼지 않았다. 고생하는 유망한 학생들에게는 남몰래 장학금까지 전달했다. 오랜 의사 생활을 했고 언제나 많은 환자를 대해 왔으나 돈에는 관심을 보이지 않았다고 한다. '세상 떠나기 전에는 남편을 설득해 두 사람 시신을 의과대학 해부학 교실에 기증하자는 유지를 남겼고, B 의사가 먼저 그 모범을 보였다'고 기사는 전하고 있었다.

나는 그 기사를 읽으며 족히 그랬을 것이라고 생각했다. 대학생 때는 물론 한평생 B가 화장한 모습을 보지 못했다. 신문에 실린 사진도 시골 할머니 같은 인상이었다. B의 성경 공부 모임 친구였던 여의사 Y도 대학병원에서 은퇴하고 아프리카에서 3년간 봉사 활동을 약속하고 갔다가 그곳의 불행한 환자들을 외면할 수 없어 15년을 더 봉사하고 늙어서 귀국했다는 사실도 J가 전해주었다.

여러 해 전에 내가 지방 강연을 갔을 때다. 한 30대 남성이 찾아와 뜻밖의 인사를 했다. 내가 학비를 도와주었기 때문에 어려운 고비를 넘기고 대학을 졸업할 수 있었다는 것이다. 이상하게 생각한 내가 "장학금을 준 일이 없을 텐데요"라고 반문했다.

그의 얘기가 나를 약간 놀라게 했다. 자기가 고생하고 있을 때 의사 B가 장학금을 주면서 "이 돈은 내가 주는 것이 아니고 내가 대학에 다닐 때 김형석 선생이 도와준 것이다. 너에게 주는 것은 김 선생을 대신해 주는 것이니까 너도 이다음에 사정이 허락하면 이 돈을 가난한 학생에게 주라"고 했다는 것이다. 나는 그 젊은이의 인사를 받으면서 그 말이 무슨 뜻인지 이해할 수 있었다.

80여 년 전 중학생 때부터 나를 사랑해준 마우리 선교사가 떠올랐다. 가난하게 고생하던 나를 여러 차례 도와주면서 마우리 선교사는 말했다. "이것은 예수께서 주시는 것이다. 예수님께 갚는 것이 아니니까 네게 가난한 제자가 생기면 예수님을 대신해 주면 된다."

그 사랑이 여럿을 거쳐 이 젊은이에게 전달되었던 것이다. 사랑은 언제나 아름다운 마음으로 남는다.

피보다 진한 사랑

"김 선생은 잘못을 저지르고 부인한테 사과한 적이 없소?"
A 교수의 느닷없는 질문이었다. "있기는 하지만 나는 절
대로 공처가는 아닙니다"라고 대답했다. 내가 이야기를
먼저 해야 A 교수의 고백을 들을 수 있을 것 같아 옛날애
기를 했다.

1960년대 초에 내가 미국에 가 머물고 있을 때였다. 쿠
데타를 일으킨 박정희 대통령이 화폐개혁을 단행했다. 환
화를 원화로 바꾸면서 옛날 돈을 모두 무효화시켰던 것
이다. 그때 한국에 있던 아내는 내가 몰래 숨겨둔 돈이 있
지 않을까 의심이 들었다고 한다. 아내는 큰딸과 아들에게
"너희들, 나와 함께 아버지 서재에 올라가 책갈피를 들춰
보자"고 했다. 책 케이스 속에서 지폐 뭉치를 찾아냈다.

미국에 있는 내게는 귀국하면 가족회의를 열어 따져보아야 할 사건이 발생했다고만 했을 뿐 그 내용을 알려주지는 않았다. 집에 돌아와 며칠이 지난 뒤였다. 하루는 아내가 발설하고 애들이 합세해 항의를 하는 것이었다. 궁지에 몰린 나는 "너희들도 이다음에 나 같은 처지를 당해봐라. 내 친구 교수들은 사모님 몰래 비자금을 만드는 게 보통이란다. 그래도 나는 책 케이스에 넣어두었으니 정직한 편이다" 말하고는 용서를 받았다.

내 얘기를 들은 A 교수는 "그 당시에야 누구나 다 그랬는걸. 큰 잘못이 아니지"라면서 웃었다. 그의 얘기는 내용이 좀 달랐다.

어디서 강연을 하면서 "여러분, 피는 물보다 진하다는 사실을 아시지요. 부자간이나 형제 사이는 혈연관계입니다. 한 번 인연이 맺어지면 죽을 때까지 그 운명을 벗어날 수 없습니다. 우리는 더 큰 피로 맺어진 하나의 민족입니다. 고통과 슬픔을 함께하더라도 공동체 운명을 포기할 수는 없습니다"라고 호소했다. 그것으로 끝났으면 좋았다. 그 뜻을 강조하기 위해 "젊은 여러 분이 연애를 하고 결혼을 해도 싸우거나 이혼을 하면 그 후부터는 남남으로 돌아가버립니다. 그래서 피는 물과 다르다는 예로부터의 가르침이 있습니다"라고 덧붙였다.

그 강연을 들은 사람이 A 교수의 부인과 가까운 지인이었다. 그날 강연 내용을 부인에게 알려주면서, 그것이 남자들의 공통된 생각이라고까지 과장했던 모양이다. 그 얘기를 전해 들은 A 교수의 부인이 "그래, 우리는 헤어지기만 하면 그뿐이지요? 몇십 년의 애정은 아무것도 아니고요"라고 따져들었다는 것이다. 내가 "그래서 어떻게 했어요?" 물었더니 "내가 잘못했다 했지요. 그렇게 화를 낼 줄은 몰랐거든요"라면서 멋쩍어했다. A 교수의 성격과 표정으로 보아 진심으로 용서를 빌었을 것 같았다.

내가 "그렇게 쉽게 사과하면 되나. 나 같으면 '당신은 사랑이 피보다도 진하다는 사실을 모르는구먼' 하고 응수했겠다"고 했더니, A 교수도 "아차, 그걸 내가 몰랐구나"라면서 아쉬워했다.

오늘은 강원도 양구에 갔다가 A 교수의 무덤 앞에 서서 그 지나간 얘기를 되살려보면서 웃었다. 그러면서도 눈물을 닦았다. 정말 좋은 친구였는데.

고등학생 때 연애해보셨어요?

지난봄, 강원도 양구의 한 모임에 참석했다. 이야기를 해주기 위해서였다. 예상과 달리 청중은 고등학생이 대부분이었다. 강원도에 하나밖에 없는 외국어학교의 우수하고 장래성 있는 젊은이들이었다.

요사이는 내 나이 때문인지 청중이 언제나 한 세대씩 아래로 보인다. 대학생이 고등학생 같아 보이고 고등학생은 중학생쯤으로 착각한다. 닭보다는 병아리로 보인다고 할까. 병아리와 닭의 중간쯤으로 보이는 학생들에게 강연을 했다. 교육은 이러이러한 것이며, 인간의 성장은 나이가 들수록 중요하다는 내용이었다.

인간의 일생을 100리 길이라고 생각해보자. 학교 교육은 초등학교가 10리, 중학교까지가 20리, 고등학교를 끝

133

내면 30리가 된다. 대학에 안 가거나 못 가는 사람은 30리 기차를 타고 와 내리는 것과 같다. 대학에 진학하는 사람은 10리를 기차로 더 가는 것으로 생각하자. 고등학교를 나온 사람은 70리가 남아 있고 대학을 마쳤다고 해도 60리는 누구나 걸어가야 한다.

선진국에서는 의무 교육이 고등학교까지다. 유럽에서는 대학 교육도 무상이다. 국가 지도자 양성은 정부가 책임진다는 뜻이다. 그런데도 많은 고교 졸업생이 대학에 가지 않는다. 일찍 사회로 나가 취직하고 결혼해 저마다 행복 갖기를 원하기 때문이다. 대학을 마치고 전문직으로 일하는 고생을 바라지 않는다. 대학 교육은 소수만 선택한다.

그런데 우리는 학교 교육이 인간 교육의 전부라고 생각한다. 고교 출신은 평생 나는 대학에도 못 갔다는 열등의식을 갖기도 한다. 대학 출신은 대학까지 다녔으니까 내 교육은 끝났다고 착각한다. 그래서 나머지 70리와 60리를 포기한다. 그 길을 자력으로 걷는 과정의 책임이 더 중하다는 게 문제다.

내 세대에는 뜻과 목적이 없는 사람은 대학에 가지 않았다. 그래서 진학하는 수도 적었으나 그만큼 사회적 책무를 수행할 수 있었다. 학교 교육보다 자력으로 노력한 결과로 성공한 사례도 많다. 나와 오래 친분을 유지한 김수학은 초등학교 출신이면서 대구시장, 경북도지사, 국세청장, 토지개발공사 사장을 지냈고 새마을본부에서 중책을 맡기도 했다. 《토지》의 작가 박경리는 진주여고 출신이다. 이들은 90리와 70리를 혼자 걸어간 지도자들이다. 기업계에는 그런 사람들이 더 많다.

강연에서 학생들에게 주어진 100리 길을 자신과 사회를 위해 최선을 다해 가라고 당부했다. 끝내고 나오는데 몇 학생이 하는 얘기다. "선생님, 요청이 있으면 우리 학교 전체 학생을 위해서도 시간을 내주실 수 있으세요?" "말씀 잘 들었습니다. 그렇게 살도록 노력하겠습니다."

한 여학생은 "교수님도 고등학생 때 연애해보셨어요?" 한다. 내가 윤동주 시인과 함께 공부한 100세 교수라고 소개됐을 때는 손뼉 치면서 함성을 질렀던 학생들이 지금은 나를 '좀 나이 많은 친구'로 보는 것 같았다. 덕분에 젊어진 기분이다. 그래서 선생은 한평생 학생들을 떠날 수 없다.

양심의 전과자로 만들지 말라

모두 믿고 있었던 교육계에서 부끄러운 사건들이 벌어졌다. S여고의 선생이 두 딸에게 시험문제를 미리 알려주었다는 보도가 전해졌다. 어느 대학의 교수는 연구 업적을 자녀와 공동 연구한 논문이라고 발표한 사례도 있었다.

  그것이 사실이라면 그 아버지는 교육의 본질을 저버리는 과오를 범했다. 수준이 낮은 부모는 자녀에 대한 욕심을 교육이라고 착각한다. 지혜의 결핍이다. 자녀에 대한 진정한 사랑은 아들딸이 40~50대 성년이 되었을 때 어떤 인격을 갖추고 사회생활을 할 수 있을까를 생각하며 인격적 사랑을 베푸는 것이다. 어리석은 학부모나 선생이 이기적 욕심에 빠지게 되면 자식을 평생 '양심의 전과자'로 만드는 결과를 초래할 수도 있다.

내 큰아들이 초등학교 졸업반일 때였다. 나는 그 애를 대광중학교로 보내고 싶었다. 그런데 그해에 대광중학교는 제2차로 입학시험을 보게 되었다. 아내가 담임선생을 찾아가 상의했다. 담임선생은 성적순으로 1등부터 11등까지는 입학 경쟁이 가장 심한 경기중학교에 지원하기로 결정했다면서 11등인 내 아들도 보내겠다는 것이다. 그런데 그 반에서 결국 경기중학교에 합격한 학생은 1등과 우리 애뿐이었다. 내 아내가 잘 아는 다른 학부모를 만나 그 얘기를 했더니 "그 애는 '어머니 점수'가 없었으니까 자기 실력이었을 겁니다"라는 것이다. 아내는 학교에 찾아간 적이 없다. 어머니들 치맛바람이나 욕심이 애들을 불행하게 만들어서는 안 된다.

내 선배인 C 교수는 아들에게 연세대학교를 졸업할 때까지 자기가 어느 교수의 아들이라는 말은 절대 안 하기로 약속을 받은 일이 있다. 당시에는 대학 규모가 작았기 때문에 다른 교수들이 어느 교수의 자녀라는 것을 쉬 알고 지내던 때였다. C 교수는 아들이 사사로운 대우를 받지 않을까 걱정했던 것이다.

나도 아들딸이 연세대학교를 다녔다. C 교수와 같이 두 애에게 아버지가 누구라는 것은 말하지 않도록 했다. 내 후배 교수나 조교들에게 수강생 중에 우리 애가 끼어 있다는 것을 알리고 싶지 않았다. 학생들은 실력을 공정히 평가받고 자기 위상을 객관적으로 볼 수 있어야 한다. 또 그런 자세가 젊은이다운 기상이 된다.

두 애 중 하나는 후에 연세대학교 교수가 되었고 딸애도 미국에서 교수가 되었다. 모든 부모는 자녀들을 운동경기장에 출전시킨 선수와 같이 대해주어야 한다. 그것이 애들을 위하는 책임이다.

수능시험을 끝내고 나니까 자녀들을 데리고 입학 설명회에 참석하는 어머니를 많이 본다. 나와 내 아내는 그런 모임에 가본 적이 없다. 요즘 입시 제도가 어떻게 바뀌었는지는 모르지만, 고등학교를 졸업했으면 이미 성년이다. 자신의 앞길을 위한 선택과 책임은 스스로 감당할 수 있도록 뒤에서 도와야 한다.

입학기를 앞두고 있는 학생들과 학부모들에게 작은 도움이라도 되었으면 좋겠다.

크리스마스이브에
지난 100년을 돌아보다

크리스마스이브 저녁에 이 글을 쓰고 있다. 연말이라서일까. 100세를 넘기는 인생의 석양 탓인지도 모르겠다. 내 신앙을 고백하며 지나간 세월을 회상해본다.

나는 열네 살 때 인생의 한계를 느끼고 있었다. 건강과 가난 때문이다. 언제 죽음이 찾아올지도 모르고, 가난 때문에 중학교에 진학할 길도 닫혀 있는 듯했다. 그러나 꿈을 갖고 초등학교를 졸업했다. '하느님께서 나에게 다른 사람과 같은 건강을 주시고 중학교에도 가게 해주시면 제가 건강한 동안은 하느님의 일을 하겠습니다' 하고 기도하는 마음으로 지냈다.

기독교 학교인 숭실중학교에 입학하게 되었다. 그해 크리스마스 때였다. 나는 김창준, 윤인구 두 목사의 설교를 듣고 내가 앞으로 믿고 살아갈 신앙이 어떤 것인지 알았다. 철들면서는 도산 안창호의 마지막 설교를 들었고, 중학교 선배인 고당 조만식의 생애를 보면서 신앙은 내 인생의 사명임을 깨달았다. 신앙은 교회를 위한 교리가 아니고, 인생 모두의 진리임을 확인하게 되었다. 인생관과 가치관으로서의 진리였다. 예수의 뜻은 교회라는 울타리 안의 삶을 넘어 '하느님의 나라'를 건설하자는 다짐이었다.

대학에서는 좁은 영역의 교회 신학보다는 인간을 연구하는 학문으로서의 철학을 공부했다. 무신론자들의 철학책을 읽으면서 인간은 누구나 진리와 인간애를 포기해서는 안 되며, 인간의 철학적 문제를 해결하는 길은 기독교 신앙에 있다는 사실을 체험할 수 있었다. 나는 지성인으로서 참신앙을 찾아 살도록 노력했다. 평신도의 한 사람으로 살며 교회를 섬겼고, 교육자로서의 의무에 충실하고 싶었다.

그러는 동안 많은 신앙적 봉사를 했다. 기독교계 중·고등학교 학생들을 위한 설교와 강연에 임했다. 기독교 대학은 물론 여러 대학교의 기독교 학생들을 위해 봉사했다. 신학대학의 신앙 강좌도 맡곤 했다. 미국, 캐나다의 대표적인 한인교회에서도 신앙적 가르침을 나누어주었다.

지난달에는 명동성당에서 신앙 간증을 겸한 강연회를 가졌다. 주교가 내 애독자였고 신앙의 뜻을 같이했기 때문이다. 명동성당 강연회는 앉을 자리가 없어 서서 듣는 이도 있을 정도로 감명 깊은 시간이었다. 성경 연구 모임을 수십 년 지속하는 동안에 저서도 여러 권 남길 수 있었다.

돌이켜보면 내 인생은 예수의 가르침으로 시작해 그리스도인의 생애로 끝나고 있다. 열네 살 때 한 기도가 지금까지 이어져 건강이 허락되는 동안은 하느님의 일을 계속하고 싶은 마음이다.

내 설교와 저서를 통해 신앙인이 되었다는 감사 인사를 많은 사람으로부터 받는다. 친구 김태길 교수도 깊은 우정을 이어가는 동안에 신앙인으로 인생을 마감했다. 인생의 고아로 남을 수 없었을 것이다. 성실하게 살다가 삶의 경건함을 깨닫게 되면 신앙의 길을 택하는 것이 인생이다.

인생의 3단계

지난 6일, 춘천 한림대학교에서 한·일 관계 친선 교류를 도모하는 한·일 평화포럼이 있었다. 내가 한·일 관계를 가장 오래 체험했다고 해서 한국 측 기조강연을 맡았다. 강연장에 들어갔더니 현수막에 '100세 철학자 김형석'이라고 쓰여 있었다. 일본 회원도 150여 명이나 되는데 좀 쑥스러웠다.

요사이는 나이를 팔아먹고 사는 것 같은 생각이 든다. 내 강연이 들을 내용은 별로여도 100세나 되었으니까 얼마나 늙었나 보러 오라는 광고가 아니었으면 좋겠다는 생각이다. 돌아오는 차 안에서 사람은 얼마나 오래 사는 것이 좋을지 다시 음미해보았다.

내가 존경하는 한 철학 교수는 흑판을 향해서 30년, 흑판을 등지고 30년 살았더니 인생이 끝났다고 고백했다. 학생으로 30년, 교수로 30년을 보냈더니 늙어서 가정으로 돌아가게 되었다는 뜻이다. 그때는 나도 60이면 회갑이 되고 5년 후에 정년을 맞으면 생산적인 인생은 끝나는 줄 알았다.

그런데 60을 넘기고 나니까 그때부터 강의다운 강의도 하고 학문에 대한 의욕이 솟았다. 그래서 학교 교육은 끝났으나 사회 교육은 이제부터라고 생각했다. 오기에 가까운 의욕을 살려보았다. 70대에 들어서는 《역사철학》,《종교의 철학적 이해》 같은 저서를 썼다. 김태길 교수의 《한국인의 가치관》도 76세에 나왔다. 노력하는 친구들은 70대 중반까지 충분히 창의적 저작 생산이 가능하다는 공감대가 생겼다.

언젠가 철학자 정석해 선배님을 모시고 먼 길을 간 일이 있었다. 그때 정 교수님이 92세 아니면 93세였다. 나를 보고 "김 교수는 연세가 어떻게 되었더라?" 물으셨다. 76세라고 했더니 한참 침묵을 지키다가 "참 좋은 나이올시다!"라고 부러워했다. '나에게도 그런 나이가 있었는데…'라며 뭔가 후회하는 듯싶었다.

나와 내 친구들은 계속 공부하고 저술 활동도 했다. 김태길 교수는 90세 가까이까지 꾸준히 일했다. 안병욱 선생은 92세 때 마지막으로 TV에 나왔는데 그날도 정직하지 못한 정치 지도자들에게 충고를 남기고 있었다. 나도 90세가 될 때까지는 정신적으로나 인간적으로 늙었다는 생각을 해보지 않았다. 글을 쓰고 강의와 강연에 매달려 살았다. 김태길 교수가 제자들에게 "김형석은 철이 늦게 들어서 우리보다 더 오래 일할 것 같다"고 말한 적이 있다. 90이 될 때까지 우리는 75세부터의 연장延長이지, 인생의 끝이라는 생각은 하지 않았다.

앞으로의 인생은 교육을 위한 30년, 직장에서 일하는 30년, 사회인으로 열매를 맺어 남기는 30년으로 보아도 좋다는 사실을 나는 체험했다. 90을 넘기면 개인차가 심하니까 일률적인 평가는 어렵다. 나이는 연장할 수 있으나 일을 계속하기는 힘들기 때문이다. 그래서 일할 수 있고 이웃과 겨레에 작은 도움이라도 남겨줄 수 있을 때까지 살았으면 좋겠다고 다짐해본다. 내가 나를 위해서 하는 일은 남는 것이 없다.

100번째 새해를 맞는 마음

기다리지는 않았는데, 새해가 성큼 다가왔다. 나에게 새해가 온다는 것은 인생의 석양이 다가온다는 신호다. 과거가 길어질수록 미래가 짧아지기 때문이다.

그래도 지난 1년 동안 바쁘게 많은 일을 했다. 강연의 횟수를 헤아려보았다. 모두 183회. 이틀에 한 번씩 강연을 한 셈이다. 집필도 1년 내내 계속했다. 조선일보 주말섹션 '아무튼, 주말'에 매주 글을 보냈고 동아일보에도 한 달에 한 번씩 칼럼을 송고했다. 합하면 60여 편이 된다.

저서도 몇 권 출판했다. 계간지 〈철학과 현실〉에 3년간 연재한 글들이 《고향으로 가는 길》이라는 제목으로 서점에 나왔다. 기독교 계통 TV에서 강연한 내용은 《왜 우리에게 기독교가 필요한가》라는 책이 되었다. 성경 강좌 일

부인《교회 밖 하나님 나라》도 출간했다. 철학계 후배와 제자들이 집필한《영원과 사랑》이 출판되었다. 나의 사상과 삶에 관한 글들을 모은 것이다. 비교적 옛날에 썼던 글들은《100세 철학자의 인생, 희망 이야기》,《100세 철학자의 철학, 사랑 이야기》등 두 권으로 출간되었다.

내 나이에 이렇게 많은 일을 할 수 있었다는 사실에 나 자신도 뿌듯한 마음을 갖는다. 독자들의 도움이 없었다면 불가능했을 것이다.

지금까지 내가 주관한 세 가지 일 가운데 두 가지는 2019년에 끝을 냈다. 먼저 성경 연구 모임을 마감했다. 수십 년 동안 계속했고, 최근에 1,000회를 넘긴 모임이다. 13년 동안 한 달에 한 번씩 계속해오던 화요 모임도 연말에 종강했다. 이제는 강원도 양구에서 열리는 인문학 강의 하나가 남았을 뿐이다. 그 책임은 한 해 더 이어갈 예정이다.

종강을 할 때는 무척 허전한 마음이 된다. 정든 여러 분을 같은 장소에서 다시 만날 수 없겠다는 생각에 잠기곤 한다. 모든 일에는 시작이 있으면 끝이 있다. 하지만 공허감을 누르기 힘들다.

요사이는 30분까지는 선 채로 강연을 한다. 그 이상이 되면 앉아서 90분까지는 계속할 수 있다. 경청해주는 자세에 감사할 뿐이다. 지금까지 그랬듯이 2020년 말까지는 지팡이를 짚지 않고 다녔으면 좋겠다. 참석해주는 분들에게 미안하지 않기 위해서다. 강연을 끝내고 나면 여러 분과 인사를 나누고 사진도 찍는다. 피곤하더라도 미소와 감사한 마음을 보여주고 싶어진다. 그것도 내 강연과 같은 마음의 선물이다.

금년으로 만 100세를 넘긴다. 무엇인가 더 새로운 정신적 열매를 남기고 싶은 심정이다. 문제는 내가 얼마나 더 많은 이웃과 사회를 사랑하는가에 있는 것 같다. 더 오래 우리 곁에 있어달라는 인사를 받을 때마다 그래야겠다는 다짐을 해본다. 여러 분의 사랑에 보답하기 위해서.

정의의 완성, 사랑

지난 주말에는 경남 지역 교육연수원 요청으로 강연을 다녀왔다. 강연을 마치고 강당 밖으로 나올 때였다. 젊어 보이는 한 수강생이 인사하면서 "혹시 H 선생을 기억하시는지 모르겠습니다"라고 물었다.

"기억납니다. 지금은 세상을 떠났을 것 같은데요?"했더니 "제 할아버지십니다. 살아 계실 때 선생님 말씀을 하시곤 했습니다" 하는 것이다. 내가 "그러면 아버지 되시는 분은 의사세요?"라고 물었다. "네, 아버지께서는 선생님을 모시고 식사도 같이 하셨다고 지난 얘기를 하신 적이 있습니다"라며 반가워했다. 나는 다시 한 번 악수를 나누고 강연 장소를 떠났다.

옛날 일이 생각났다. 내가 중·고등학교 교감으로 있

을 때였다. 학년 말이 가까워졌을 때 교장이 나를 찾았다. H 선생이 우리 학교의 눈높이에는 맞지 않으니까, 이번 학기로 끝을 내는 것이 어떻겠는가 하는 얘기였다. 나도 학생들을 위해 그렇게 하는 것이 좋겠다고 수긍은 했으나 H 선생을 위해서는 좀 더 고려해보고 싶은 생각이 들었다. 한 학기만 더 여유를 갖자고 청했다.

나는 H 선생을 찾아 그 사정을 솔직히 설명하고 한 학기 동안 함께 최선을 다해본 후에 결정하자고 제안했다. 물론 H 선생은 당황스러워했다. 그러나 사적인 판단보다는 학교와 학생들을 위한 합리적 선택이 더 중요하다는 데 뜻을 같이했다.

한 학기가 지났다. 내가 H 선생에게 그 문제를 상의해보자고 했다. H 선생은 좀 더 시간 여유를 주었으면 좋겠다고 했다. 일주일쯤 지났을 때였다. 선생이 아내와 같이 찾아왔다. 그동안 여러 생각을 정리했던 모양이다. "여러 경우를 생각해보았는데 교장 선생님 판단에 따르기로 했습니다. 지방 학교에 있다가 서울의 명문 학교로 오려던 게 제 욕심이었던 것 같습니다. 선생님께서 교장 선생님과 상의하셔서 저를 적당한 지방 학교로 전근할 수 있도록 수고해주시면 그 은혜는 오래 잊지 않겠습니다."

교장과 나도 그 길이 좋겠다고 합의를 보았다. H 선생을 보내고 1년쯤 후에 나도 연세대학교로 일터를 옮겼다. 그런데도 H 선생은 나를 고마운 은인같이 대해주곤 했다. 사실 나는 해야 할 일을 한 것뿐이다. 그러나 그 작은 배려가 H 선생 3대가 나를 기억하게 만든 것이다.

성경을 읽어보면 포도밭 주인이 아침 9시, 낮 12시, 저녁 5시에 와서 일해준 품꾼들에게 다 같은 품삯을 주었다는 비유가 있다. 영국의 존 러스킨John Ruskin은 그 글을 읽고 산업혁명 이후 경제적 갈등과 모순을 해결하는 길은 정의로운 노사 관계보다 사랑이 있는 질서가 더 중하다는 저서《나중에 온 이 사람에게도》를 남겼다.

그 책을 읽은 인도의 간디도 그것이 인간 본연의 공존 가치이며 희망이라고 뒤따랐다. 정의를 완성시키는 길은 사랑이다. 인간애가 정의보다 귀중함을 잊어서는 안 된다.

세뱃돈과 용돈

교육자는 씨를 뿌리거나 나무를 심는 일을 한다. 열매는 사회가 거둔다. 100세를 헤아리게 되니까, 내가 뿌린 씨앗의 열매를 내가 찾아보는 때가 있다. 제자들이 성공해서 나보다 훌륭하게 되었을 때가 그렇다. 지난해 가을, 제자와 함께 인촌상을 받았을 때는 정말로 자랑스러웠다. 그런 일은 매우 드물기 때문이다.

몇 해 전에는 내 제자가 사회적인 공로상을 받게 되었다. 저녁 시간이었으나 식장으로 가는 발걸음이 가벼웠다. 곧 시작할 시간에 들어섰는데, 수상자 자리에 앉아 있던 제자가 찾아와 내 코트를 받아 걸어주면서 안내해주었다. 주빈은 제자였다. 상을 받은 그가 답사를 했다. 본래 말이 적고 앞장서기 좋아하지 않는 성격이었다. 오늘까지 살아오면서도 그러했으나 앞으로도 은사이신 김 선생님의 뜻을 기리면서 살게 될 것이라고 답사를 했다. 나에게는 그 마음이 분에 넘치는 고마움이었다.

시상식을 마칠 때 제자는 내 옆까지 왔다. 귀에 가까이 얼굴을 대면서 "선생님, 제 얘기가 들리세요?"라고 묻더니 "제가 선생님 코트에 봉투를 하나 넣었는데요. 용돈을 드리고 싶었습니다. 허물 마시고 써주세요"라면서 돌아갔다.

여러 사람과 인사를 나누고 좀 늦게 집에 돌아왔다. 코트 주머니에는 두툼한 봉투가 들어 있었다. 왜 그런지 어렸을 때 기억이 떠올랐다. 설날이 오기를 기다렸다가 이집 저집을 찾아다니면서 세뱃돈을 받던 옛날이 생각났다. 그 세뱃돈으로 딱지도 사고 장난감도 사서 놀던 어렸을 때 친구가 그리워졌다. 일 년에 한 번씩 기다려지는 경사스러운 행사였다.

그로부터 90년 세월이 흘렀다. 요사이는 내 동료나 후배 교수들이 늙어서 수입이 없으니까 용돈 타령하는 얘기들을 한다. 설날이 가까워지고 손주들에게 줄 세뱃돈이 떨어졌다고 아들딸들에게 미리 말해두면 용돈으로 쓰시라면서 현금을 미리 보내온다. 그중에서 일부는 세뱃돈으로 주고 나머지는 용돈으로 쓴다는 얘기다. 또 어떤 친구는 생일이 되면 자녀들에게 선물은 필요 없으니까 알아서 하라고 말해두면 현금 봉투가 온다며 방법을 알려주기도 한다.

생각해보면 인생은 세뱃돈으로 시작했다가 용돈으로 마무리되는 것 같다. 세뱃돈은 즐거움의 시작이었으나 용돈은 인생을 마무리하는 절차인지 모른다. 내 인생도 세뱃돈의 즐거움으로 시작했으나 용돈으로 채워지는 것 같기도 하다.

그러나 오늘의 용돈은 성격이 다르다. 생각해보면 내가 내 제자를 사랑한 것보다 제자가 나를 더 사랑했던 것이다. 용돈이 아니라도 좋다. 많은 제자가 나를 그렇게 기억하며 살아간다면 나는 누구보다도 행복한 일생을 살아온 것이다. 사랑이 최선의 행복이기 때문이다.

H 형, 당신이 그립습니다

90을 넘기면서 가장 힘든 것은 늙는다는 생각이 아니다. 찾아드는 고독감이다. '나 혼자 남겨두고 다 떠나가는구나' 하는 공허감이다. 자녀도 다 제 길을 찾아가야 한다. 친구들도 소식 없이 떠나버린다.

얼마 전에는 옛날 동창들 가운데 누가 남아 있나 생각해보았다. 국내에는 한 사람도 없다. 미국 로스앤젤레스에 살던 C 목사의 얘기는 들리지 않는다. 브라질로 이민 간 H 형이 최근 세상을 떠난 것 같다는 소식뿐이다.

H 형은 해방 직후 내가 고향에서 중학교 책임자로 있을 때 함께 수고해준 친구 중 한 사람이다. 후에 서울로 와 교수로 있다가 정부의 차관직을 맡고 있었다. 불의와 타협하지 않고 잔꾀부리는 것을 싫어한 친구였다.

그 친구에 대한 재미있는 이야기가 있다. 그는 고등학교 때부터 연애에 빠져 공부를 하지 못했다. 일류 대학 입시에 낙방을 했다. 이류 대학으로 가느냐, 재수하느냐 하는 기로에 서게 되었다. 결국 H 형이 택한 길은 우리와 좀 달랐다. '다른 친구들은 대학에서 4년 공부로 끝내겠지만 나는 이류 대학이라도 좋으니까 10년은 열심히 공부하자. 10년 후에 누가 성공하는지 경쟁해보자'는 결심이었다.

그가 차관으로 있을 때다. 지금은 일류 대학을 나온 이들이 내 밑에서 일하고 있다면서 웃었다. 나도 H 형의 선택이 옳았다고 인정했다. 열성이 있는 친구였다.

한번은 몇이서 저녁 식사를 마치고 이야기를 나누다가 종교 얘기가 나왔다. 신학을 전공한 친구도 있었고 모두가 교회에 다니는 편이었다. 이야기가 계속되다가 종교적 신앙에는 참된 권위가 있어야 하는데 무엇이 신앙적 권위인가라는 화두가 떠올랐다. 후에 신학대학의 교수가 된 선배의 얘기를 듣다가 H 형이 느닷없이 꺼낸 질문이다.

나는 부모 성격을 닮아서 그런지 누구에게 복종하거나 권위 같은 것은 인정하지 않고 살았다. 그런데 우리 어머니 앞에서는 꼼짝 못했다. 어머니는 내 주장이 마땅치 않으면 "이놈아, 내가 너를 낳아 키웠다. 지금도 너를 내 목숨보다 귀하게 여기면서 산다. 내 앞에서 할 말이 그거냐?"라고 책망했다. 그러면 나는 할 말이 없어졌다. 나는 그것이 어머니의 권위라고 생각한다. 나에 대한 사랑이다. 어머니보다 나를 더 사랑하는 사람이 없으니까.

목사들은 설교도 잘하고 신학자는 좋은 학설을 펴내기도 하지만, 그것은 하느님의 권위를 터득하기에는 거리가 멀다. 현대인들은 예수의 의심 깊은 제자(도마)와 같이 십자가에 못 박힌 상흔을 보여주기 원한다.

참된 신앙적 권위는 사랑을 실천할 때 생긴다. H 형의 지난 얘기를 회상하면서 작고하기 2년 전쯤 암 치료를 받고 있었을 때 만난 이태석 신부 생각이 났다. 그는 아프리카 톤즈라는 마을에서 그리스도의 사랑을 나누어주다가 세상을 떠난 성직자였다. 우리는 크리스천으로 자처하면서 남에게 그런 희생적 사랑을 보여주거나 나누어주지 못하고 있지 않은가.

마지막이 될 주례를 마치고

추석을 앞둔 토요일, 강원도 양구에서 내 생애 마지막이 될지도 모르는 결혼식 주례를 맡았다. 신혼부부에게 "결혼은 가정의 출발이기는 하나 완성은 자녀를 낳아 키우는 것이다. 최소한 두 자녀는 훌륭하게 교육해서 사회에 봉사하는 모범적이고 영광스러운 가정이 되어 달라"고 부탁했다.

　집으로 돌아오는 차 안에서 옛날 있었던 일이 떠올라 혼자 웃었다. 서울여자대학교 총장을 지낸 고황경 박사가 대한어머니회 회장으로 있으면서 가족계획운동을 주도하던 때였다. 1970년대에 고황경 박사는 전국을 다니며 '둘만 낳아 잘 키우자'고 강연하곤 했다. 가족계획만 얘기하기 곤란하니까 한번은 나더러 다른 내용 강연으로 협조해달라는 청을 했다. 도와드려야 하겠기에 동행한 때였다.

그런데 어느 한 강연에서 누군가 뒷자리에 앉아 강연 차례를 기다리는 나를 가리키면서 "김 교수님은 애들이 몇이세요?" 하고 묻는 것이다. 나는 대답하기 난처했다. 아들 둘, 딸 넷이라고 해야겠는데 그렇게 되면 고 박사의 강연이 무색해진다. 그래서 아들은 둘을 키우고 있다고 반거짓말을 했다. 고 박사는 "그것 보세요" 하면서 인구는 등비급수等比級數로 늘고 식량은 그 인구를 감당할 수 없을 뿐만 아니라 빈곤과 교육 곤란이 심해진다는 결론을 내렸다.

그다음부터는 고 박사와 동행하기를 거절했다. 나 자신이 무자격자이기 때문이다. 그런데 반세기 동안에 세상이 바뀌었다. 지금은 나처럼 자식을 여럿 둔 사람이 정부의 표창을 받아 모범을 보여주어야 할 때가 되었다.

몇 해 전 추석에는 미국에 있는 애들도 모여서 모친과 아내가 잠들어 있는 산소에 갔다. 간단히 예배를 마친 뒤 지난 이야기를 했다. 내용은 이랬다.

"엄마와 내가 너희 여섯을 키울 때는 좁은 집이 넘칠 것 같았다. 하나씩 미국, 독일로 유학을 떠나니까 집이 빈 둥지 같아지더라. 연세대학교에서 2년을 보낸 막내를 마지막으로 미국으로 떠나보내고 나니까, 엄마가 집에 들어오기 힘들었던 모양이더라. 나보고 '먼저 가세요. 나는 혼자 어디 가서 마음 놓고 울다 갈게요'라면서 들어오지 않더라. 갈 곳도 없었겠지. 교회에 가서 실컷 울고 왔겠지. 와서는 '이제는 행복했던 세월이 다 끝난 것 같아요. 여섯을 키울 때가 제일 즐겁고 감사했는데…'라고 하더라. 뜻밖에 차분한 목소리였다. 내가 '당신은 나보다 더 사랑이 넘치는 고생을 했으니'라고 했다."

사랑이 있는 고생이 가장 행복한 인생이다.

사랑은 3단계로 익어간다

아침에 전화가 왔다. 오래 연락이 없던 후배 교수였다. "새해도 넘겼고 설을 맞이하는데 세배 대신 전화로 인사드립니다"라는 것이다.

"정초에 TV 〈아침마당〉에서 좋은 말씀 들었습니다. 같이 시청하던 아내가 '당신도 김 교수님같이 100세를 맞이할 때까지 건강해야 할 텐데…'라고 하데요. 그런 것은 혼자 노력해서 되는 것이 아니라고 했더니 아내가 그게 무슨 뜻이냐고 물었습니다. '김 교수 사모님은 남편에게 잔소리를 하거나 바가지를 긁지 않기로 유명했어요. 그래서 지금까지 건강하게 활동하신답니다'라고 설명했지요. 이전 같으면 뭐라고 말싸움을 걸어올 텐데 그날 아침에는 '나도 앞으로는 그 사모님같이 조심할 테니까 오래 건강만 하세요' 하면서 격려해주었습니다. 뜻밖이었습니다."

후배 교수는 "얼마나 오래갈지는 몰라도 80이 넘으니까 아내도 철이 드는가 싶었습니다"라고 말했다. 요즘 같으면 젠더 감수성 없다고 욕먹을 소리지만, 옛날 사람인 나는 속으로 웃으면서 생각했다. '부부간에 철이 드는 데도 80은 넘어야 하는가?'

내가 50대 중반쯤 일이다. 동년배 친구들과 저녁을 함께 하고 있었다. 한 교수가 "오늘 저녁 값은 큰 부담이 안 되니까 각자 내기보다는 누구 한 사람에게 뒤집어씌우자"고 제안했다. 처음에는 새 양복을 해 입은 사람을 찾기로 했는데 고르기가 힘들었다. 그래서 얼굴색이 좋고 기름기가 많은 사람으로 표적이 바뀌었다. 두세 사람 후보가 나왔다가 내 왼편에 앉았던 S 교수가 걸렸다. 의과대학 교수여서 월급이 많은 편이기도 했다.

S 교수는 "내 얼굴이 그렇게 좋아졌나?" 하고는 "그러고 보니까 이유가 있다"고 말했다. 무슨 이유인지 물었더니 이렇게 답했다. "한 달 동안 학회 때문에 외국에 나가 있었는데, 그동안 마누라 바가지 긁는 소리를 안 들어서 그렇구나!" 모두가 웃었다. 사실 그 나이의 아내들은 생리적으로 바가지를 긁게 되어 있다. 말은 안 하지만 남편들

의 잠재적인 소원이기도 했을 것이다.

다른 친구가 말을 이었다. "S 교수는 엄처시하嚴妻侍下에서 고생은 하지만 공처가가 아닌 것은 인정해. 공처가는 밖에 나와서는 큰소리를 치곤 하는데, S 교수는 그런 실수는 안 하거든." 일종의 위로였다. 또 다른 교수는 "그건 몰라. 경처가驚妻家도 언제나 말은 안 한다"라고 했다. 내가 "경처가는 어떤 사람이냐"고 묻자 "와이프의 무서운 얼굴만 보고도 깜짝 놀라면서 경기를 일으키는 사람인데, 여자 이야기는 꺼내지도 못한다"는 것이다. 와이프나 가족들에게 크게 잘못했을 때 걸리는 공처증이라는 얘기다.

그 식탁에 앉아 있던 사람들은 다들 재미있게 웃으면서도 내 와이프는 어떤지 짚어보는 듯했다. 그래서 모든 남자는 나이 들수록 따뜻하고 안아주는 모성애를 가진 여성을 기리는 것 같다. 젊었을 때는 연정을 즐기고, 가정을 가진 후에는 애정을 쌓아가다가, 더 늦게 되면 인간애로 승화되는 것이 남녀 간의 사랑이니까.

소비가 미덕인 시대에 미안하다

내 나이에도 만나고 싶어 하는 사람이나 만나야 할 사람이 자주 있다. 지난봄에는 경북 문경에서 지내던 목회자가 일터를 제주도로 옮겼다면서 찾아왔다. 미국 이민 2세였는데 우연히 《영원과 사랑의 대화》를 읽고 자기가 한국인이라는 자각심이 들어 일터를 한국으로 정했다고 했다. 낡아 떨어지게 된 내 책에 사인을 받으러 찾아와 큰절을 하고 간 일이 있다.

얼마 전에 우리나라의 대표적 구름 사진 작가인 김종호 씨가 구름 사진 작품 5점을 차에 실어 우리 집으로 가져왔다. 책으로 된 사진첩은 먼저 받아보았고 그중에서 내가 고른 사진들을 다시 대작으로 만든 것이었다. 그중 3점은 강원도 양구의 기념관으로 보냈다.

집에 들어선 그가 초라하게 텅 비어 있는 거실과 2층 서재를 보고 하는 첫마디가 "대단히 검소한 생활을 하십니다"라는 인사였다. 그랬을 것이다. 살 줄도 모르고 도와주는 사람이 없기 때문에 필요한 가구를 갖추고 있지 못했다. 서재에 있는 책상과 그 옆에 있는 서랍 달린 장은 가까이 살던 사람이 이사 가면서 버린 것을 도우미 아주머니가 밤중에 날라온 중고품이다. 옆방에 있는 4층짜리 책장도 어디선가 주워온 것이다. 하도 물건이 없으니까 아주머니가 내가 없을 때 옮겨오곤 했다. "고맙기는 한데 누가 보았겠다"고 하면 "제가 그런 실수야 하겠어요?" 하면서 창피할 것도 없다는 자세였다.

침대가 있는 방의 걸상은 6·25전쟁 후에 처남이 미군 부대에서 얻어다 준 것이다. 벌써 60년이나 지난 골동품이다. 지금 수고해주는 도우미는 그런 과거를 모른다. 그런데 지난달에는 누군가가 이사 가면서 대문 앞에 내놓은 것이라면서 또 옮겨왔다. 이렇게 무겁고 큰 서랍장을 어떻게 가져왔느냐고 물었더니 세 차례나 들어 날랐다는 것이다. 아무도 본 사람이 없으니까 걱정하지 말란다. 20여 년간 내 서재에서 책상으로 쓴 널판은 양구로 보냈는데 어울리는 곳이 없어 복도에 밀려나 있었다. 마치 나에게 "아저씨, 나는 어디로 가지요? 다시 서울로 가면 안 되나요?"
하고 묻는 듯싶었다. 20여 년 동안 정들었는데.

어려서부터 가난하게 살았기 때문에 좋은 책상과 가구
는 장만할 용기가 없었던 것 같다. 그런 생활용품 때문에
생기는 관심과 시간 낭비를 멀리했는지도 모르겠다. 지금
도 시급하고 중요한 일을 먼저 처리하느라 물건 정돈이나
청소는 하지 못할 때가 있다. 재정적 여유가 생기면 '소비
가 미덕'이라는 경제관도 이해해야 한다. 돈은 돌아야 제
구실을 한다. 나같이 한 양복을 30년씩 입거나 구두 한 켤
레로 2년을 보낸다면 양복점 사람이나 신발업을 하는 사
람들에게 죄송스럽기도 하다. 많이 받으면서 적게 주는 사
람은 잘못된 인생을 사는 것이다.

10년만 더 살 수 있다면 한번 멋지게 살아보는 건 어떨
까. 요즘 그런 생각을 한다.

간디와 톨스토이가 남겨준 교훈

내 나이가 되면 건강을 위한 여러 가지 충고를 받는다. 넘어지지 말아야 한다. 낙상은 치명적인 경우가 된다. 감기에 걸리면 안 된다. 저항력이 약하기 때문에 폐렴으로 번질 가능성이 높다. 지금 유행하는 코로나 19 같은 것은 물론이거니와 유행성 독감이 성행할 때는 절대로 외출해서는 안 된다는 당부이다.

그런 애정 어린 권고를 받기 때문에 지난 두 달 동안은 은거 생활을 했다. 오늘 오후는 날씨도 따뜻하고 건강 상태도 좋아 보여 오래간만에 뒷산 길을 걷기로 했다. 힘들기는 했으나 벤치가 있는 곳까지 왔다. 바로 언덕 아래에는 내가 즐겨 올려다보곤 하는 활엽수가 있다. 봄철이 되니까 잎사귀가 대부분 떨어져 있었다. 싹이 피기 위해서는 자리를 양보해야 하고, 낙엽이 되어서는 다른 나무들과 숲을 자라게 하는 비료가 돼야 한다. 모든 인생과 나도 그래야 하듯이….

나는 중학생 때, 간디를 존경했고 톨스토이의 작품을 애독했다. 한때는 간디에 관한 내 글이 중학교 국어 교과서에 실리기도 했다. 그의 정신세계를 찾아보고 싶어 두 차례 인도를 방문했다. 간디는 말년에 종교 때문에 분열되는 인도의 통합을 위해 힌두교 제전에 참석하러 가는 길 위에서 세상을 떠났다. 한 젊은이가 앞으로 다가와 무릎을 꿇고 축복해주기를 원했다. 그의 머리 위에 손을 얹었을 때 젊은이가 총격을 저질렀다. 간디는 한평생 진실을 위해 거짓과 싸웠고, 폭력이 사라지고 사랑이 넘치는 사회를 위해 생애를 바쳤다. 몇 해 전에는 그의 동상이 영국 국회의사당 앞뜰에 세워졌다. 어떤 영국의 정치지도자들보다도 인도와 인류의 존경을 받는 인물로 기억되고 있다.

톨스토이는 세상을 떠나기 얼마 전 아무도 모르게 정처 없이 집을 나섰다. 기차를 타고 가다가 한 시골 역에 내려 역장실로 들어가 추위를 피하고 싶었다. 화덕 불을 쪼이면서 "좀 더 많은 사람을 사랑하고 싶었는데…"라는 말을 남겼다. 그는 당시의 귀족들이 꿈꾸는 법관이 되고 싶었다.

성경을 읽으면서 '삶의 의미'를 찾으려고 작가의 길을 택했다. 많은 재산과 농토를 소유한 삶을 부끄럽게 후회하면서 살았다. 인생의 참 의미와 가치를 찾아 정신적 순례의 길을 택했다.

긴 세월이 지난 오늘 그들이 나에게 남겨준 교훈은 무엇이었는가. 먼 길을 떠나는 사람은 많은 짐을 갖지 않는다. 높은 정상에 오르기 위해서는 무거운 것들은 산 아래 남겨두는 법이다. 정신적 가치와 인격의 숭고함을 위해서는 소유의 노예가 되어서는 안 된다. 소유는 베풀기 위해 주어진 것이지 즐기기 위해 갖는 것이 아니다.

100세, 나의 비결

1962년 봄, 나는 미국 하버드대학교에서 73세인 파울 틸리히 교수의 종강식에 참석했다. 그 뒤에 그는 5년 계약으로 시카고대학교에 재임용되었다. 78세까지 강의하는 것이다.

23년 후에 내가 연세대학교에서 종강식을 가졌다. 후배들의 진출을 고려했고, 한 대학의 교수로 남는 것이 좋을 것 같아 대학 정규 강의를 끝내기로 했다. 사회 교육에 전념하며 대학 특수 과정 강의는 지금도 계속하고 있다. 독서 운동을 비롯한 시민사회 단체에 도움을 주기도 했으나 개인적으로 하는 자유로운 봉사가 더 효과적이라는 경험을 얻었다.

대학을 끝낸 후에 철학적인 저서를 몇 권 남겼고 대학에 있을 때보다 더 성숙된 강의, 강연을 했다. 이론적 학문과 더불어 실천적 진실과 진리에 뜻을 모았다. 70대가 끝나면서 반성해보았으나 내가 정신적으로 늙었다는 생각은 하지 않았다. 90이 될 때까지는 그 정신적 위상을 지켜보자는 의욕을 갖고 열심히 일했다. 내 사상이 일을 만들고, 일이 지적 수준을 계속 유지해주었다.

그러는 동안에 90을 맞게 되었다. 두 가지 변화가 찾아왔다. 함께 일하던 김태길, 안병욱 교수가 활동 무대에서 떠나갔다. 곧 내 차례가 될 것이라는 허전함이 엄습해왔다. 정신력에는 변함이 없고, 창의적이지는 못해도 그 위상은 유지할 수 있는데 신체적 여건이 뒤따르지 못했다. 그때 얻은 인생의 교훈은 사람은 누구나 노력하면 60에서 70대까지는 정신적으로 성장, 성숙할 수 있고 그 기간에 맺은 열매가 90까지 연장되어 사회에 기여할 수 있다는 체험과 자신감이었다.

90 고개를 넘었다. 나 혼자 남은 것 같은 느낌이었다. 이제부터는 내가 나를 가꾸고 키워가자는 다짐을 했다. 정신적 기능과 일을 하는 것에 있어서는 모르겠는데 신체적인 늙음은 계속됐다. 정신과 육체 사이의 간격이 넓어지는 느낌이었다. 인간적 성장은 아직 남아 있다고 생각했다. 하

고 싶은 일이 많고 후배와 다른 사람들에게 작은 모범과 도움이라도 주고 싶다는 의지는 감소하지 않았다.

좋게 말하면 그 정성 어린 노력이 나를 100세를 바라보는 나이까지 이끌어주었다. 내 인생에서 가장 많은 일을 한 기간은 40에서 60대 중반까지였고 지금 와서는 97세에서 100세까지가 되었다. 올해 4월이면 만 100세가 채워진다. 그때까지는 지금의 삶과 일을 연장해갈 생각이다.

'너 늙어봤냐, 난 젊어봤다'는 노래가 있듯이, '너 100세까지 살아봤냐, 난 100세까지 경험했다'는 생각을 해본다. 30대까지는 건전한 교육을 받는 기간이다. 60대 중반까지는 직장과 더불어 일하는 기간이다. 60대 중반부터 90까지는 열매를 맺어 사회에 혜택을 주는 더 소중한 기간이다. 누구나 그렇게 살아야 할 것이라고 믿는다.

百歳日記

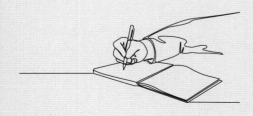

4부

더불어 산 것은
행복을 남겼다

고마운 사람들, 아름다운 세상

아침 식사를 끝내고 2층 거실의 소파에 앉았다.

벽에 걸려 있는 사진을 본다. 히말라야를 상징하는 순백의 영봉靈峯이 아침 햇볕을 받아 장엄한 자태를 드러내 보인다. 네팔에 한 번은 가보고 싶었으나 그 뜻을 이루지 못했다. 그런데 박흥식 사진작가가 전시했던 작품을 보내준 것이다. 최근에는 100세를 헤아리는 나이 때문일까, 여러 사람이 내 기호에 맞는 선물들을 보내준다. 구름 사진과 책들, 도자기들이다.

커피를 마시면서 과거에 느끼지 못했던 생각을 더듬어 봤다. 한평생을 살아오는 동안에 수많은 사람의 도움과 사랑을 받았다. 하루도 빼놓을 수 없는 음식도 그렇다. 어느 것 하나도 내가 만든 것이 없다. 오늘 마시는 이 커피도 에

티오피아 농민들의 작품이다. 식당에 가서 원산지 표시를 보면 베트남이나 노르웨이에서 수입해 들여온 해산물이 있다. 우리 농산물도 수많은 사람의 정성과 사랑으로 내게 주어진 것이다. 내 몸에 걸치고 있는 옷과 신발도 바다 건너 먼 외국에서 만들어 보내준 소재들이다.

내 신체의 어느 부분을 도와준 이들도 있다. 30여 년 동안 내 머리를 다듬어준 이발사 아저씨는 먼저 세상을 떠났다. 마지막에 갔을 때 "며칠 후에 폐업하기로 했습니다. 더 오래 도와드리지 못해 죄송합니다"라면서 서운해했다. 지난달까지 나는 치과 치료를 받았다. 잘 아는 제자 의사다. 그는 "조금 따끔할 테니까 참아주세요"라면서 돌보아주었다. 지금까지도 그랬으나 앞으로는 더 많은 의사나 간호사의 도움을 필요로 할 것이다.

내 학문과 지식의 배경에는 2,000년에 걸친 선학先學들이 있었고 직접 가르쳐준 스승들과 동학들이 있었다. 사랑을 나눈 제자들이 없었다면 오늘의 나도 존재하지 못했을 것이다. 지식과 학문만이 아니다. 내 존재 자체가 사랑이 있는 삶의 한 부분이다. 그 많은 사람의 도움이 없었다면 현재의 내 삶은 유지될 수 없었을 것이다. 내 인생 모두가 사랑으로 이루어진 존재다.

그 대신 나는 무엇을 했는가. 가르치는 일 한 가지가 전부였다. 지난 99년을 이웃들의 도움과 사랑으로 살아왔는데 나는 한 가지밖에 하지 못했다. 그 한 책임을 잘 감당했다고 해서 고마운 마음과 뜻을 전해온다. 얼마나 선하고 아름다운 세상인가. 다시 한 번 옛날로 돌아갈 수 있다면 감사한 마음으로 여러 분을 섬기고 싶다. 많은 사람을 사랑해야겠다.

지금의 나이가 되어 깨닫는 바가 있다. 내가 나를 위해서 한 일은 아무것도 남기지 못했다. '공수래공수거'라는 말 그대로이다. 하지만 더불어 산 것은 행복을 남겼다. 인간은 사회적 존재니까. 이웃과 사회를 위해 베푼 사랑은 남아서 역사의 공간을 채워준다. 가장 소중한 것은 마음의 문을 열고 감사의 뜻을 나누며 사랑을 베푸는 일이다. 더 늦기 전에 해야 할 인생의 행복한 의무이다.

안창호 선생의 마지막 강연

강원도 양구와 인연을 맺은 지 벌써 5년이 지났다. 양구인
문학박물관에서 인문학 강좌의 강사들을 추천하다가, 내
고향 친구이자 철학자 안병욱 선생과 인연이 깊은 도산
안창호 선생의 생애와 사상을 소개하는 시간을 넣기로 했
다. 내가 강의하기보다는 도산기념사업회 김재실 이사장
이 적임자일 것 같아 수고해주기를 요청했다.

　안병욱 선생은 한때 흥사단 이사장직을 맡았을 정도로
도산을 존경하고 따랐다. 그러나 나에게 행운을 빼앗겼다
는 아쉬움을 자주 얘기하곤 했다. 자기는 꿈에 한 번 도산
선생을 뵌 일은 있으나, 나는 직접 뵈었을 뿐만 아니라 두
차례나 도산의 마지막 강연과 설교를 듣는 기회를 가졌기
때문이다.

내가 열일곱 살 때 일이다. 도산이 병 치료를 받기 위해 가석방되었다. 선생이 평양 서남쪽에 있는 대보산 산장에 머물고 있을 때 20리쯤 떨어져 있는 우리 고향 송산리를 방문하였다. 우리 마을에는 덴마크의 농민 학교를 모방해 설립한 학교가 있었고 주변 마을에서 신도 200여 명이 오는 교회도 있었다. 그해 초가을이었다. 도산이 찾아와 내 삼촌 집에 머물면서 토요일 오후는 마을 유지들에게 강연했고 이튿날에는 교회에서 설교하게 되었다.

당시 나는 신사 참배 문제로 1년간 평양 숭실학교를 쉬면서 고향에서 우울한 세월을 보내고 있었다. 그날 행사가 도산의 마지막 강연과 설교가 될 줄은 누구도 몰랐다. 선생은 얼마 후에 다시 수감되었고 이듬해 서울에서 세상을 떠났다.

내 일생에 가장 서글픈 세월을 보내고 있을 때 도산의 강연을 들었기에 82년 세월이 지난 지금도 그 강연의 내용과 인상을 잊지 못한다. 안병욱 교수가 나를 부러워할 만도 하다.

도산의 말씀은 처음부터 끝까지 나라 사랑과 인재 교육이었다. 하느님께서 우리 민족을 얼마나 사랑하고 계신지 잊어서는 안 되며 그 사랑을 애국정신으로 보답하자는 간곡한 호소였다. 도산은 웅변가였다고 하지만 민족을 사랑하는 그의 마음은 더 컸다. 웅변이기보다는 기도하는 열정이었다.

설교를 끝내고 마을을 떠나다가 자그마한 기와집 뒤 길가에서였다. 저만큼 살려고 하면 몇 평쯤 농사를 지어야 하며 소와 돼지도 기르고 있느냐고 묻기도 했다. 도산의 그 표정에서 나는 우리 민족 모두가 저 가정만큼만 살 수 있으면 좋겠다고 기도드리는 마음을 읽을 수 있었다.

올해는 3·1운동 100주년이다. 얼마 전에 나는 사흘 동안 충남의 아산, 예산, 부여 지방을 다녀본 일이 있다. 서울에 올라와 도산공원에 들렀다. 도산 동상 앞에 머리를 숙였다. 그리고 기도했다.

"선생님 마음 편히 쉬십시오. 지금은 독립했고 국민 모두가 행복하게 잘 살고 있습니다. 좀 더 세월이 지나면 국민 대부분이 선생님이나 저보다 더 행복하게 살 것입니다."

세상을 앓던 사람, 조만식 선생

아침에 신문을 읽다가 문득 고당 조만식 생각이 났다. 며칠 전 모교인 숭실고등학교를 방문했을 때 보고 온 고당의 사진 표정 때문인지도 모르겠다. 고당을 애모한 어느 시인은 그를 머리에 붕대를 감고 세상을 앓던 사람이라고 회상했다. 고당의 세상은 곧 나라였다.

서울에서 고당의 사모님께 들은 얘기가 기억에 떠오른다. 김일성은 정권을 차지했으나 북한 국민의 정신적 지지는 받지 못했다. 반대로 고당의 뜻은 모두가 따르는 실정이었다. 그렇다고 고당을 제거할 수는 없으니까 평양 도심에 있는 고려 호텔에 그를 연금시켰다. 외출을 금지하고 면회조차 가로막았다. 사모님에게만 한 달에 두 차례쯤 한 시간씩 면회를 허락하곤 했다.

한번은 면회 온 아내에게 "다음번 면회가 마지막이 될 테니까, 각오하고 한 번만 더 오라"고 했다. "왜 그런 말씀을 하시느냐"고 묻는 아내에게 고당은 "세상이 계속 변하고 있는데 언제나 지금 같을 수는 없으니까 우리도 준비를 해야 한다"고 말했다.

　아내가 마지막 면회를 갔을 때였다. 고당은 근엄한 자세로 나는 여기서 인생을 마무리하게 될 것 같으니까, 아들을 데리고 빨리 38선을 넘어가라고 했다. 자유가 없는 이 땅에 남아 있게 할 수는 없지 않겠냐며 그는 서랍에서 커다란 흰 봉투를 꺼내주었다. 아내가 무엇이냐고 물었더니 가서 보면 안다고 말할 뿐이었다.

　집에 돌아와 봉투를 열어보았더니 머리카락이었다. 당신의 머리카락을 잘라 넣은 것이다. 아내는 놀라기는 했으나 그 뜻을 짐작할 수 있었다. 후일에 내가 세상을 떠났다는 사실을 알게 되면 장례를 치러야 하겠고, 빈 관으로 장례 절차를 밟을 수는 없으니까 갖고 가라는 유물이었다. 사모님은 나에게 그런 말을 하면서 남편인 고당이 "서울에 가더라도 많이 힘들겠지만 다른 사람들에게 폐를 끼치지 말고 나를 대신해서 고생을 참아달라"는 당부를 남겼다고 했다.

김일성은 6·25전쟁을 일으키기 얼마 전에 기독교연맹의 김창준 목사 명의로 대한민국에 제안해왔다. 조만식을 대한민국으로 보내줄 테니까 서대문 교도소에 수감되어 있는 공산당 책임자 이주하, 김삼룡과 교환하자는 것이었다. 그 뜻은 성사되지 못했다. 북측의 간책을 믿을 수 없었기 때문이다.

북의 계획대로 6·25전쟁이 발발했고 고당은 같은 해에 희생된 것으로 확인되었다. 그 사실이 밝혀지면서 고당의 영결식도 치러졌다.

고당은 나의 중학교 선배이기도 했으나 우리 모두의 지도자이면서 스승이었다. 자기를 믿고 따르는 많은 국민을 북에 남겨두고 탈북할 수는 없었던 것이다. 고당은 20대가 되면서 기독교 신앙을 가졌고 그리스도의 정신으로 조국을 위해 산 선각자였다.

스스로에게 질문해본다. 우리는 누구를 더 사랑하는가. 국가와 민족인가, 아니면 정권인가. 고당이 우리에게 하고 싶은 말씀이 무엇일까 생각해보았다.

김성수와 하지 장군

인촌 김성수가 들려준 이야기다.

해방 후, 미 군정 때였다. 존 리드 하지John Reed Hodge 장군이 국정을 위임받았다. 그런데 그는 군인이었기 때문에 정치 경력은 없었고, 당시 우리 정치계는 심한 난맥상에 빠져들고 있었다. 정당 대표자들과 사회 지도자들은 저마다 군정청을 찾아가 하지 장군에게 진언도 하고 지지를 받고 싶어 하는 분위기였다. 그런데 하지 장군은 확고한 주견 없이 때와 사건에 따라 발언하곤 했다. A에게는 이런 말을 하고 B에게는 다른 얘기를 하는 식이었다. 그렇게 일관성 없는 발언의 결과가 한국의 정계에 혼란을 야기하는 사례가 적지 않았다.

그런데 누구도 하지에게 그 실수를 지적하거나 충고하

는 이가 없었다. 고양이 목에 방울을 다는 역할을 하길 원하지 않았다. 그 사실을 배후에서 누구보다도 잘 감지한 인촌이 장덕수를 통역인 삼아 함께 방문했다. 하지에게 단둘이 얘기를 하고 싶다며 측근 비서들을 방에서 나가게 했다. 그리고 그런 실수를 하지 않았으면 좋겠다는 우정 어린 당부를 했다.

하지는 처음엔 얼굴을 붉히면서 그런 일이 없다고 했다. 하지만 며칠 전 R 씨에게는 이렇게 말하고 S에게는 또 다른 얘기를 하지 않았느냐고 지적했더니 항의 없이 수긍하는 눈치였다고 한다. 인촌은 "이런 얘기를 해 대단히 죄송하지만 나는 당신과 우리나라를 위해 함께 일하는 좋은 친구가 되고 싶다"고 말했다. 진심 어린 자세를 본 하지가 악수를 청했다.

돌아오면서 인촌은 하지가 내 진정에서 나온 충고를 받아주었으면 좋겠다고 생각했다. 괘씸하게 여긴다면 서로 불행해지지 않겠는가 하는 걱정도 했다.

그다음에는 다시 만나거나 얘기할 기회가 없었다. 그런데 몇 달 후 어떻게 알았는지 인촌 생일에 기대하지 않은 축하 카드가 왔다. 하지가 보낸 것이었다. 서양인에게는 카드를 주고받는 일이 깊은 우정을 표시하는 관습이다. 그래서 인촌도 고마운 마음을 갖고 하지를 대해왔다는 회고 담을 들은 적이 있다.

어떻게 보면 사소한 사건일 수도 있다. 그러나 인촌이 정당인이면서 그런 책임을 자진해 감당했다는 것은 지나칠 수 없는 애국심의 발로였다. 한국에도 이런 사람이 있다는 사실을 보여주고 싶었고, 하지의 선택과 결정이 정치적으로 중대한 결과를 초래하기 때문에 참을 수 없었던 것 같다.

그 얘기를 들으면서 나는 국가와 민족을 먼저 생각하는 정치가가 많아졌으면 좋겠다는 생각을 했다. 인촌은 자신보다 유능하고 존경하는 인물이 있으면 뒤로 물러나 그 사람을 추대하는 데 주저하지 않았다. 장덕수나 송진우는 모두 인촌의 후원으로 정치적 지도력을 발휘한 인물이다. 해방 직후에는 자유민주주의를 위한 이승만 정부 수립에 지대한 노력을 기울였다. 그런 자세였기 때문에 동아일보, 중앙중고등학교, 고려대학교, 경성방직 모두를 성공적으로 육성해 사회에 도움을 주었다. 후에는 이 박사와 뜻을 달리했지만 말이다.

김수환 추기경의 사진을 보며

며칠 전 〈월간조선〉 3월호를 받았다. 지난달 강원도 양구에 있는 '철학의 집'에서 가졌던 인터뷰 내용이 여러 페이지를 차지하고 있었다. 중학교 시절의 모교 사진도 볼 수 있었고, 안병욱·김태길 교수와 찍은 사진들도 있었다.

사진들 가운데 내가 일본의 조치대학교에 다닐 때의 것도 있었다. 한국 유학생들이 모여 찍은 1940년대의 사진이다. 앞줄에 앉아 있는 학생들 가운데 왼쪽 끝자리를 차지한 이가 김수환 추기경이고 오른쪽 끝에 내가 앉아 있다. 사진을 보는 사람마다 "학생 때는 김 교수님이 미남이셨네요"라고 말한다. 나도 그 사실을 인정하고 싶으면서도 "내가 미남이 아니고 김수환 추기경이 잘생기지 못했지요"라고 말한다. 웃기는 하면서도 누구나 인정하는 사실이다. 추기경은 나보다 2년 후배였다.

그러나 우리는 행복하고 보람 있는 대학 생활을 계속하지 못했다. 태평양전쟁 후반기에 접어들면서는 일본 대학생들이 징집되어 전선으로 나가기 시작했다. 일본 군부는 한국 대학생들도 지원병이라는 명목으로 군에 입대시키라는 지령을 내렸다. 우리는 경찰의 압력을 받았기에 강제 징병을 모면할 길이 없었다. 나와 김수환도 그때 헤어지고는 긴 세월 다시 만날 기회가 없었다.

추기경은 해방 후에 사제가 되기를 결심하고 독일로 가 철학과 신학을 계속했다. 지도교수가 권하는 학자의 길보다는 사제의 소명을 받아들였다. 사회철학 분야에 관심이 컸던 것 같다. 그는 바티칸의 주목을 받는 추기경이 되었고, 천주교 개혁의 큰 사명을 체감했던 것이다. 가장 연소한 추기경이었으나 '교회가 사회를 위해 봉사하는 것이지, 사회가 교회를 위해 존재해서는 안 된다'는 혁신적 사명의 모범을 보여주었다. 천주교와 한국 사회에 잊을 수 없는 정신적 공헌을 했다.

나는 개신교 평신도로 지냈다. 대학에서 철학을 공부하면서는 신앙인보다 철학도의 자세로 임했다. 지성을 갖춘 자유인이 되고 싶었다. 반反기독교적인 무신론자의 철학에도 관심을 가졌고 공감하기도 했다. 중요한 것은 신학이나 철학 그 자체가 아니라 인간 문제 해결에 있다는 명제에 봉착했다. 우리 겨레가 희망을 갖고 역사의 비극적 운명을 해결할 수 있는가를 고민했다. 나 자신이 나를 구원할 수 없듯이 인간의 모든 가능성을 합쳐도 세계 역사의 방향을 바꿀 수 없다는 결론에 도달했다.

이런 문제를 해결하기 위해 김수환은 사제의 길을 택했고 나는 신앙인의 의무를 갖고 살았다. 우리는 2000년, 김수환 추기경이 제2회 인제인성대상仁濟人性大賞을 받았을 때 마지막으로 만났다. 추기경은 "선배님의 뒤를 이어 제가 수상을 해서 영광입니다"라고 했다.

지금 나는 김 추기경의 선종 전 사진을 보면서 생각한다. 추기경의 인품이 100점이라면 나는 몇 점쯤일까. 80점만 되었으면 좋겠다.

선배들에게 세배를 드릴 때가 좋았다

내가 어렸을 때는 설날에서 대보름까지는 연휴로 보내곤 했다. 지금 돌이켜보아도 어려서 맞이하던 설날이 가장 행복했던 것 같다. 설은 1년에 한 번 세뱃돈을 버는 날이었다. 돈을 줄 만한 집을 빼놓지 않고 찾아다니면 수입이 적지 않았다. 그 돈을 주머니에 넣어 꼭 쥐고 잠들곤 했다.

그 후에는 몇십 년 동안 즐거운 설날은 별로 없었다. 돈도 생기지 않았다. 세배를 드리는 기회도 사라져갔다. 그러다가 30대 중반이 되면서 다시 한 번 세배를 드리는 기회가 찾아왔다. 연세대학교에 부임했을 때였다. 신년이 되면 30대 후배 교수들이 모여 선배 교수 댁을 찾아다니면서 세배했다. 백낙준, 정석해, 최현배, 장지영, 김윤경 교수들이다.

정석해 철학과 교수 댁에 갔을 때였다. 함께 갔던 이군철 영문과 교수가 일부러 큰 소리로 "영감님들이 죽지도 않고 오래 살아 계셔서 우리가 세배 드리느라 고생한다니까"라고 말했다. 듣고 있던 정 교수는 "미안하외다. 10년만 더 찾아오세요"라면서 웃었다. 방문을 열면서 이 교수가 "세배는 드리지만 언제나 귤하고 떡국밖에 없지요?" 하며 어리광을 부렸다. 한잔할 수 있었으면 좋겠다는 애교다. 그러고는 들고 간 와인 병을 꺼냈다. 엎드려 절을 하는 사람이나 받는 이 모두가 정중한 세배를 나눴다.

그다음 차례는 가까운 곳에 사는 김윤경 교수 댁이다. 김 교수는 언제나 우리를 동년배같이 대해주셨다. 국문과 후배들에게는 더욱 그랬다. 준비한 큰 수첩을 내밀면서 성함을 적어달라고 부탁하셨다. 한 교수가 "새해부터 결석할까봐 출석부를 내놓으십니까?" 하면서 이름을 썼다. 선생은 "새해에 좋은 계획이라도 있느냐"고 물으셨다. 그것도 한 사람씩 보시면서 정성을 담은 표정이었다.

내 차례가 되었다. 새해부터는 대외활동은 좀 줄이고 강의를 비롯한 학업에만 열중하고 싶다고 했다. 차를 마시면서 담소를 나누고 떠나오는 시간이 되었다. 대문 밖까지 따라나온 선생이 "김 교수님, 나 좀 보았으면 좋겠다"고

따로 불렀다. 다 떠난 후에 "김 교수 말씀 잘 들었는데요, 그렇게 하지 마세요. 학교 일은 물론 중하지요. 그러나 사회가 원하는 대외활동은 그분들이 진심으로 원하는 요청입니다. 다른 시간은 줄이더라도 사회에서 원하는 것은 거절하지 마세요. 일제강점기를 생각해보세요. 그것은 애국적인 봉사입니다"라고 간곡히 타이르는 것이다. 나는 선배 교수의 간청 어린 충고를 저버릴 수 없었다.

그 충고가 큰 교훈이 되었다. 그리고 다시 시작한 대학 밖 사회활동이 오늘까지 이어지고 있다. 선생이 한글을 지키기 위해 최현배 선생님과 같이 일본 경찰에 끌려가 고문당하던 때의 얘기를 잊을 수가 없었다.

지금도 세배를 드리고 싶은 선배가 남아 있으면 얼마나 좋을까. 선배들이 남겨준 교훈이 어렸을 때 세뱃돈보다 더 값지고 행복하기 때문이다.

개구리들의 교향곡

며칠 전 일이다. 늦은 저녁때인데 전화가 왔다. 같은 동네에 사는 후배였다. 지금 서울 안산(서대문구) 입구를 산책하고 있는데, 개구리 소리가 들려온다는 것이다. 5월 하순까지는 계속될 것 같다는 얘기다. 기회가 되면 그 개구리 소리를 들으러 와보라는 뜻이었다.

　이틀 동안 계속되던 비가 그친 날 늦은 저녁에 서대문자연사박물관 맞은편 숲속으로 들어섰다. 작은 연못이 둘 있는데 그곳이 개구리들의 서식처다. 사면이 조용해지기를 10여 분 동안 의자에 앉아 기다렸다. 맞은쪽 숲속의 한 마리가 울어대니까, 양쪽과 뒤 습지에서도 화답하는 듯이 울어대기 시작했다. 10여 마리가 목청을 돋우어 소리를 지른다. 그 노래를 들으면서 고향에서 해마다 들어오던 개구리 소리를 연상했다.

로맹 롤랑Romain Rolland의 소설《장 크리스토프》를 읽었
던 기억이 떠오른다. 젊은 음악도가 작곡가가 되려고 열중
하고 있는데, 한 아저씨가 찾아와 가장 위대한 교향곡을
들려주겠다면서 강가의 들판으로 이끌고 갔다. 그곳에서
하늘이 진동할 듯이 울어대는 개구리 소리가 들린다. 아
무리 위대한 음악가라고 해도 저렇게 천지를 경탄케 하는
음악을 창조해내지는 못할 것이라고 그는 귀띔해준다. 그
젊은이가 훗날 제9심포니를 작곡하는 주인공으로 성장한
다. 물론 지어낸 이야기다.

그 소설을 읽으면서 나는 어려서 초여름마다 들었던 개
구리들의 울음을 연상했다. 수천수만 마리의 합창이라 불
러도 좋고 교향곡이라고도 할 수 있다. 지금까지 긴 세월
을 지나면서 나는 어렸을 때 심취했던 개구리 교향곡을
듣지 못했다. 고향과 더불어 사라진 옛 꿈이 되어버렸다.

그런 소리가 듣고 싶어 5월이 되면 어느 지방 저수지 부
근의 논두렁길을 걷기도 하고, 충남 부여 부근을 찾아가기
도 했다. 백마강 기슭은 논이 많고 개구리들이 울어댈 것
이라는 기대를 해보았다. 그러나 어디에서도 고향에서 들
으면서 자랐던 개구리 교향곡은 들을 수 없었다. 농촌을

지키는 노인네들은 농약을 사용하기 시작하면서 개구리 수가 줄어들기 시작했다고 했다.

내가 들은 안산 연못의 개구리들도 반쯤은 사라진 것 같다는 생각을 했다. 나는 문명의 혜택을 받아 긴 인생을 살았으나 문명이 주는 것보다 더 소중한 자연의 축복을 잃어버리고 있었던 것이다. 개구리 소리만이 아니다. 우리의 어머니인 자연의 축복을 저버리고 사는 결과가 되었다.

내 나이 때문일까. 대학생 시절에 한 지붕 밑에 살았던 서 형은 지금 어디서 무엇을 하고 있을까 하는 그리움이 찾아든다. 서 형은 베토벤을 사모한 음악도였다. 세상을 떠나게 될 때 제9심포니의 합창곡을 들으면서 눈을 감고 싶다는 소원을 가지고 있었다.

나는 그 정도는 못되지만 내 삶을 일깨워준 개구리 교향곡을 한 번 더 들어보고 싶다. 그 자연의 하모니 속에는 비참과 죽음까지도 넘어서는 생명의 강렬함이 있었던 것이다.

독일 교환학생은 왜 울었을까

큰손녀가 며칠 동안 독일에 다녀왔다. 오래간만에 연이 소식을 전해 들어 기뻤다.

오래전이다. 우리 집에 고등학교 2학년인 한 독일 여학생이 와서 1년 동안 지낸 일이 있었다. 기독교 기관의 교환학생으로 왔었다. 내가 연이라는 이름을 붙여주며 우리 부부를 아빠, 엄마라 부르라고 했다.

집에 온 다음 날 연이가 아내에게 "엄마, 1년 동안 내가 할 일은 무어야?"라고 물었다. 아내는 얼마 후에 얘기해 줄 테니까 기다려보라고 했다. 그 애는 집에서 한 가지 가사를 맡아서 해왔기 때문에 물은 것이다. 나는 연이에게 "한 달에 네가 쓸 용돈으로 2,000원씩 줄 테다. 학비나 책값은 따로 주겠고…"라고 약속했다.

그런데 그 애는 정말 구두쇠였다. 신촌 우리 집에서 서대문까지 버스비가 아까워 꼭 걸어가곤 했다. 한번은 나와 같이 버스를 탔다. 차장에게 내가 10원을 주었다. 두 사람의 요금이다. 차장이 그 돈을 받고 지나갔다. 연이가 5원을 꺼내면서 자기 버스비를 갚으려고 했다. 내가 "네 돈은 넣어두어라. 오늘은 아버지가 내주는 것"이라고 했다. 다른 형제들도 그렇게 하느냐고 물었다. 그렇다고 했더니 좋아서 5원을 도로 지갑에 넣는다. 마치 오늘은 5원 벌었다는 표정이다. 아내에게 연이가 저렇게 절약해서 무엇에 쓰는지 좀 알아보라고 부탁했다.

그 애는 사직공원 옆에 있는 아동병원을 찾아가곤 했다. 그곳에 입원했다가 돌아가는 어린이들은 여러 고아원에서 와 치료를 받는 불쌍한 아이들이었다. 연이가 토요일 오후마다 그 병원을 찾아가 아이들과 그림도 그리고 노래도 하면서 놀다가 오곤 했다. 그 일에 필요한 돈을 마련하기 위해 용돈을 줄이고 절약했던 것이다.

1년이 가까워지는 어떤 토요일 오후였다. 내가 집에 들어왔더니 아무도 없는 자기 방에서 연이가 혼자 슬프게 울고 있었다. 내가 방문을 두드리면서 "1년 동안 있다가 떠나게 되니까 섭섭하지?"라면서 위로해주었다. 연이가 말했다. "아빠, 나 오늘 아동병원에 마지막으로 다녀왔어요. 다음 화요일에 독일로 떠나기 때문에 다시 못 오겠다고 했더니 애들이 다 울었어요. 나도 울었어요. 집에까지 울면서 왔어요." 참았던 울음이 터졌는지 흐느끼면서 울었다.

나도 마음이 아팠다. '저 애들은 교육다운 교육을 받았구나'라고 부러운 마음에 숙연함을 느꼈다. 그래서 김영삼 정부 때, 우리 청소년에게도 봉사 활동의 기회와 교훈을 만들어주자고 제안한 적이 있다. 당시 우리 교육계는 학원 폭력이라는 사회적 걱정거리와 싸우고 있었다.

애들을 키워보면 그들의 인생관은 청소년기에 형성된다. 다시 한 번 교단에 설 수 있다면 제자들과 함께 눈물을 나누는 사랑을 베풀고 싶다.

말없이 건넨 선물

오래전 일기를 읽다가 한동안 잊고 지내던 사실을 알게 되었다.

큰아들에게서 연락이 왔다. "독일에서 온 교수 부부가 아버지를 잠시 뵙고 인사를 드리고 싶어 하는데 시간이 어떠시냐"는 전화였다. 남편은 독일인이고 부인은 한국 사람인데 대구 K대학교에 초빙 교수로 와 있었다. 연세대학교 영빈관을 겸한 알렌관에서 그들을 만나기로 약속했다.

정년 전후의 교수였다. 남편은 내 아들과 옆자리에서 이야기를 나누고 나는 부인과 마주앉게 되었다. 말수가 적은 조용한 성격이었다. 내가 묻는 말의 대답을 통해 그 교수의 지난 일들을 짐작할 수 있었다.

그 교수는 박정희 정부 때 서독 정부의 요청으로 근로

자로 갔던 간호보조원 중 한 사람이었다. 서독에서 임기를 마친 동료들은 대부분 귀국했으나 자기는 그곳에 남아 학업을 계속하기로 했다. 많은 어려움을 치르면서 교육학을 전공했다. 학위 논문이 통과되면서 대학에서 강의하기 시작했다. 그러는 동안에 장년이 되고 지금의 남편과 결혼했다. 그동안 한국을 방문할 기회를 한 번도 갖지 못했다고 한다.

그러다가 정년을 전후해 대구에 와 머물렀고 임기를 끝내면서 나를 만나고 싶었던 것이다. 특별한 이유나 용건은 없었다. 자기네들이 20대에 독일에 있을 때 내가 쓴 수필집 《영원과 사랑의 대화》를 읽으면서 향수를 달랠 길이 없어 눈물을 많이 흘렸다는 회고였다. 독일이 제2의 고향이 되기는 했으나 세월이 지날수록 한국 생각이 간절했다는 얘기다.

그러면서 말없이 선물을 건네주었다. 독일에서 가져온 가벼운 목도리와 넥타이라고 했다. 내가 "감사하지만 받아도 되는지 모르겠다"고 했더니 미소를 지으면서 "누군가에게 드리고 싶었는데 선생님 생각이 남아 있었다"는 것이다. 그리고 용무가 끝났다는 듯이 남편과 함께 현관 앞에서 작별 인사를 하고 헤어졌다. 집에 돌아와 선물을 열어봤더니 고급스러운 독일제 명품이었다.

왜 일면식도 없는 나에게 선물을 남겼을까. 한국에서 자라 40여 년을 외국에 머물면서 쌓인 향수였을 것이다. 청춘에 한국을 떠날 때도 즐거운 선택은 아니었다. 조국을 위해 작은 도움이라도 주고 싶었을 것이다. 한국에서 교수 생활을 할 여건이 갖추어지지 못하니까 독일에 남았고 독일 남성과 결혼을 했다. 그 세월이 길어질수록 고국에 대한 감정은 깊어져갔다.

늙으면 고향이 그리워지는 것이 인생이다. 그러나 이제는 다시 독일로 떠나야 한다. 한국에서 일할 수 있고 한국 남성과 결혼을 했더라면 하는 생각이 왜 없었겠는가. 그래서 가지고 왔던 선물을 나에게 남기고 싶었는지도 모른다.

내 선배인 C 교수는 90이 넘어 아들들이 사는 미국으로 이민 가게 되었다. 4·19 묘역을 한 번 더 찾아보고 눈물을 흘리면서 떠났다. 4·19 때 교수 데모를 주도한 애국자였다. 나도 그 선배 교수를 보내면서 눈물을 닦았다. 얼마나 사랑했던 조국이었는데….

오래 살기를 잘했다

지난 목요일 오후였다. 원고를 정리하다가 머리가 무거워지는 것 같아 뒷산을 거닐었다. 오래된 습관이다. 지난밤까지 내린 비 때문일까, 산과 숲 전체에 생기가 넘치고 있었다. 언덕 위를 지나면 나무의자에 앉아 쉬곤 한다.

　오늘은 나이 들어 보이는 신사가 먼저 내 자리를 차지하고 있었다. 지나가려고 하는데 그 노인이 일어서면서 "선생님, 이렇게 오르내리는 산길인데 힘들지 않으세요?"라며 인사를 했다. 신과대학을 은퇴한 M 교수였다. M 교수와 나는 70년간 사제 관계를 이어온 사이다. 중앙중고등학교 때 담임을 했던 제자였고, 연세대학교에서도 내 강의를 들었다. M 교수가 학위를 받은 후에는 나와 함께 교수 생활을 했다. 그런 과거였기 때문에 지금도 흠 없이 지내면서도 남달리 예의를 갖추고 지내는 제자이다.

대화를 나누다가 "우리나라에서 제일 큰 ○○교회 E 목사가 연대 출신이던데요?"라고 했더니 "예, 제가 가르친 제자입니다"라는 것이다. 그 교회의 신도만 해도 수만 명인데, 그런 목회자를 많이 길러낸 M 교수가 나보다 더 많은 후배를 키웠다는 생각을 했다. 칭찬하고 싶었는데 그런 M 교수가 내 제자이니까, 사실은 내가 더 자랑스러워진 것 같기도 했다. 내 생각을 눈치채기라도 했는지 M 교수가 "선생님, 제 제자의 제자가 벌써 교수가 되었습니다. 그러니까 선생님께서는 가정으로 따지면 증조할아버지 격의 스승이십니다"라면서 좋아했다.

듣고 보니 맞는 말이다. 부자 관계는 30년 전후가 대를 잇기 마련인데, 사제 관계는 20여 년이면 뒤를 계승할 수 있다. 그러니까 나는 가정에서는 증손자까지 있는 셈이지만 대학에서는 4대를 이어온 고조부 스승이기도 하다.

제자와 헤어져 혼자 산책을 하면서 옛날 기억을 떠올려보았다. M 교수는 나보다 키가 작은 편이다. 그 옆자리에는 외무장관이었던 변영태의 아들 변혜수 군이 앉아 있었다. 변 군은 내 뒤를 이어 철학을 전공했다. 후에는 미국 뉴욕대학교의 교수가 되었다. 한번은 "중앙중고등학교 학생 때는 선생님을 대하면서 철학자가 근사하게 보여 철학 공부를 했는데 교수가 되어 나 자신을 보니까 별로 대단해 보이지 않습니다"라면서 웃었다. M 교수가 내 신앙을 계승했다면 변 교수는 철학을 이어준 고마운 제자이다.

내가 중앙중고등학교에 머문 기간은 길지 않았다. 그런데 국내와 미국 등지에서 교수가 된 제자가 20명이 넘는다. 토론토대학교 물리학과의 윤택순은 한국인 최초의 캐나다 정교수가 되었다. 서울대학교 국어학의 주축을 차지한 이기문, 김완진 교수도 중앙중고등학교 때 제자다. 춘원의 아들인 이영근 교수도 그중에 한 사람이다.

혈통을 밝히는 DNA 검사를 하듯이 스승과 제자의 정신과 인간적 인과를 밝히는 검사법이 개발된다면 교육계 4대에 걸친 내 직간접적인 제자의 수는 엄청날 것이다. 뉴질랜드 인구보다 많을지도 모른다. 교육자가 되기를 잘했다. 오래 살기도 잘한 것 같다.

'TV는 사랑을 싣고'가 물었다

방송국에서 문의가 왔다. '만나고 싶은 사람을 찾아 상봉하는 프로그램인 〈TV는 사랑을 싣고〉에 참여해줄 수 있겠는가'다.

보고 싶은 사람들은 이미 세상을 떠난 지 오래되었다. 북한에 사는 사람은 연락이 불가능하기 때문에 그만두기로 했다. 그러나 가능하다면 꼭 만나고 싶던 친구 생각은 간절했다. 살아 있을 때 한 번 더 만나야 했는데….

중학교와 대학교뿐 아니라 평생을 함께하리라고 믿은 두 친구가 있었다. 박 군은 아버지가 목사였고 형은 유명한 좌파 인사 박치우였다. 아버지와 형 사이에서 고민하다가 6·25전쟁 때 북으로 갔다. 서울에 있을 때 만났다. 형의 사회적 영향이 컸기 때문에 좌파로 오해받을 것 같아 고

민한다고 말했다. 북으로 간 뒤에는 아무 소식도 없다. 형은 김일성에게 버림받아 빨치산으로 갔다가 전사했다는 풍문이고 친구 박 군은 종적을 모른다.

박 군보다 더 가까이 지낸 허 군은 해방 직후 평양 거리에서 뜻밖에 상봉했다. 길가에서 얼싸안고 "살아 있었구나!" 인사를 나누었다. 내가 일본에서 학도병을 피하기 위해 허 군이 사는 만주로 갈까 하는 계획을 세웠는데, 그날 밤 꿈에 허 군이 나타나 여기는 더 위험하니까 좀 더 일본에 머물라고 해 단념한 일이 있었다고 말했다. 허 군은 빙그레 웃었다. 그만큼 우정이 두터웠다.

허 군은 해방 전 중국 산서성 연안으로 가 김두봉 밑에 있으면서 공산당원이 되었다. 귀국해서는 공산당 평양시 선전부장이 되었다. 숭실 전문 2층에 사무실을 갖고 있었다. 나는 시골 고향으로 돌아와 청소년 교육에 전념하기로 했다.

2년 동안에 공산 정권은 북한사회를 완전히 바꾸어놓았다. 나는 교육계에 조용히 머물 수 없어 탈북을 결심했다. 마지막이 될지도 모르기 때문에 허 군을 보러 사무실을 찾아가다가 중학교 후배에게 내 소식을 전해달라고 부탁하고 발걸음을 돌렸다. 민주주의를 위해서는 공산주의자를 찾아갈 이유가 없다는 생각이었는지 모르겠다. 내가 북한을 떠나고 나서 후배가 허 군을 만나 내 소식을 전했더니 말없이 일어서서 창밖을 바라보다가 손수건으로 눈물을 훔치더라는 소식을 들었다. 북에서는 허갑이라는 이름을 쓰고 있었다. 6·25전쟁이 나니까 제일 먼저 허 군 생각이 났다. 건널 수 없는 강 저편에 있으나 그래도 친구같이 느껴졌다.

그 후에 전해 들은 소식이다. 당 중책까지 맡았다가 김두봉을 중심으로 한 연안파에게 밀려나기 시작하면서 공산당 교육기관으로 좌천되고 김일성 정권을 비판했다는 누명으로 아오지 탄광으로 가게 되면서 자살했다는 소식이다. 허 군 성격으로 미루어 그 길을 택할 수 있다고 생각했다.

젊었을 때의 우정과 이상은 물거품같이 사라져버렸다. 어긋난 애국심이 우정을 배반했다는 고통이다. 그래도 지금 살아 있다면 만나보고 싶다. 정치적 이데올로기는 사라져도 우정은 영원한 것 같은 마음이다. 100세 나이가 가르쳐준 인간애의 작은 별빛이다.

김태길 교수의 미남자 타령

50년 동안 친구였던 김태길 전 서울대학교 교수의 9주기를 보냈다. 신록이 우거진 초여름이었다. 그때가 잠재적으로 기억에 남아 있었기 때문일까. 며칠 전에는 김 교수가 꿈에 나타났다. 벌써 두 번째다.

내가 어디론가 멀리 갔다가 서울 집으로 오고 있었다. 녹음이 우거진 길가여서 발걸음을 멈추고 왼편 아래를 내려다보았다. 김 교수가 누군가와 정구를 치고 있었다. 살아 있을 때는 언제나 자기 정구 실력을 자랑했고 나는 속으로 웃곤 했다. 함께 정구를 치던 제자가 교수님이 받아치기 좋도록 공을 보내주곤 한다는 얘기를 했기 때문이다. 그런데 꿈속의 김 교수는 달랐다. 젊은 선수같이 뛰고 있었다.

내가 감탄스러운 자세로 보고 있는데 눈치를 챈 모양이다. 라켓을 든 채로 내가 서 있는 길 위쪽으로 다가서면서 '내 실력을 봤지?' 하는 식으로 환하게 웃었다. 내가 '그래! 놀랐어. 실력 인정해줄게. 그런데 왜 가까이 있으면서도 만나지 못했지?'라면서 반가워했다. 그런데 말은 하지 않고 어서 가보라는 듯이 운동장으로 다시 내려갔다. 마치 '나 바빠서 더 얘기할 시간이 없어'라는 표정이었다. 밝게 웃고 있었다. 꿈에서도 생각했다. '보란 듯이 자기 자랑뿐이군' 하고.

김 교수는 나보다 머리가 좋은 편이다. 그래서 만나기만 하면 언제나 기 싸움을 한다. 주제는 두 가지다. 자기가 나보다 미남자라는 것과 나보다 생일이 늦으면서도 자기가 형님이라는 변명이다.

한번은 서울 광화문 프레스센터에서였다. 우리들보다 약간 늦게 도착한 그가 내 맞은쪽에 앉으면서 "김형석 교수 넥타이가 양복에 잘 어울린다. 백화점에서 고르는 것을 보고 어떨까 싶어 걱정했는데…"라면서 시치미를 뗐다. 내 옆에 앉았던 서영훈 대한적십자사 총재가 "두 분 사이가 각별한 줄은 아는데 넥타이까지 골라 사주는 사이세요?"라고 물었다. 김 교수는 기다렸다는 듯이 "어떡하겠어요. 형님이 동생을 살펴주어야지요. 고맙다는 인사도 안 하지만, 어려서부터 정이 있어서" 하면서 말꼬리를 다른 데로 돌린다. 마치 '오늘은 내가 이겼지?'라는 식이다.

김 교수는 자기가 나보다 못생겼다고 생각하였는지 모르겠다. 키가 크니까 열등감은 아니었던 것 같다. 만나기만 하면 자기가 미남자라고 자랑한다. 40대부터 80대 중반까지 봤는데 평생소원이 자기가 미남자라는 사실을 내가 인정해주기를 바라는 눈치였다.

대구의 KBS 방송국에 함께 갔을 때였다. 김 교수의 대학 때 제자였던 여자 아나운서가 "선생님, 여전히 옛날같이 멋지시네요" 하자 내 얼굴을 내려다보면서 '알았지! 나이 정도야'라는 듯이 좋아하던 기억이 떠오른다.

조반을 끝내고 커피를 마시면서 '저세상에서 다시 만나도 기싸움을 하면서 웃을 수 있을까. 그랬으면 좋겠는데'라고 생각했다.

이기붕의 선택

서울 광화문으로 가던 버스가 서대문 농업박물관 앞에 멈춰 섰다. 길 건너편을 바라보았더니 4·19혁명기념도서관 건물 간판이 눈에 띄었다. 4·19 전에 있었던 이기붕 일가의 알려지지 않은 일이 생각났다. 그 당시 이기붕의 비서였던 한글학자 한갑수로부터 들은 얘기다.

자유당 시절 이승만 대통령의 후계자로 알려지고 있던 이기붕은 건강이 좋지 못했다. 정치적 격동기를 겪으면서 건강 악화를 참아오던 이기붕은 비서 한갑수에게 이렇게 지시했다. "비밀이니까 누구에게도 알리지 말고 이번 토요일 오전 10시에 중대 성명이 발표될 것이라고 언론에 알려라. 그리고 내가 모든 책임을 지고 정계에서 은퇴한다는 성명서를 준비해라."

지시를 받은 한갑수가 성명서를 작성해 결재를 받았다. 토요일 10시에 자신이 대독할 예정이었다. 이기붕은 마음의 준비를 갖추고 있었다. 두 사람만의 비밀이었다.

토요일 9시쯤 되었을 때였다. 자유당 강경파로 알려져 있던 세 사람이 찾아왔다. 이기붕에게 무슨 성명이냐고 물었다. 세 사람은 정치적 혼란을 해결하기 위한 내용일 것으로 기대했던 모양이다. 어차피 한 시간 후면 알려질 내용이기 때문에 이기붕은 정계를 떠나기로 했다고 심정을 토로했다. 그 얘기를 들은 세 사람이 연로한 대통령을 위해 꼭 필요한 시기에 그렇게 은퇴하면 이승만 박사는 어떻게 되고 이 난국을 누가 책임지느냐고 항의하면서 한갑수 비서에게 그 성명서를 보자고 했다. 이기붕의 허락을 받고 보여주었다. 한 사람이 성명서를 그 자리에서 찢어버리며 천부당만부당한 일이라고 만류했다. 성명 발표는 무기한 연기한다는 내용으로 바꾸어버렸다. 이기붕도 세 사람을 설득하지 못하고 알아서 하라는 말을 남기고 뒷방으로 들어갔다.

시민들과 정계 인사들은 어떤 중대한 발표가 있을 것으로 기대했다가 아무 소식도 얻지 못했다. 다섯 사람의 숨겨진 사건으로 끝난 셈이다. 한갑수는 나에게 '이기붕은 큰아들(이강석)을 양자로 입적시킬 정도로 이 박사와 인연을 맺었고, 부인 박마리아 여사에게도 알리지 않았던 정계 은퇴 결심을 실제로 단행하기에는 정권에 대한 애착이 남아 있었을 것'이라고 해석했다.

뒤이어 4·19 사건이 벌어졌다. 피신할 곳이 없었던 이기붕 가족은 전방의 한 사단장에게 은신처를 요청했으나 뜻대로 되지 못했다. 할 수 없이 경무대(지금의 청와대)로 찾아갔다. 이 박사도 환영할 처지가 못 되었다. 한쪽 방을 얻어 머물려고 했다. 그러다가 이강석의 뜻에 따라서 가족을 총으로 쏘고 자결하는 비극으로 끝났다. 그때 찾아온 세 사람 중 한 사람은 일본으로 망명했고, 두 사람은 영어囹圄의 신세가 되었다.

나는 당시의 일들을 회상하면서 역사는 과거가 현재를 결정지어주지만 현재는 언제나 선택의 가능성을 열어준다는 생각을 했다. 그 가능성을 포기해서는 안 된다.

몽클라르 장군의 마지막 사명

지난달 강연을 갔다가 코리아헤럴드 대표였던 기외호 씨를 만났다. 대화를 나누다 6·25전쟁 당시 몽클라르Ralph Monclar 장군 얘기를 들었다. 그 내용이 더 궁금했다. 며칠 전 경기도 양평 지평리로 직접 찾아가 기념관과 기념비를 볼 수 있었다.

공산군의 남침으로 6·25전쟁이 발발했을 때, 프랑스는 UN 안보리 상임이사국이었으나 제2차 세계대전 이후 국내 사정으로 전투 병력을 보낼 여유가 없었다. 그 실정을 알게 된 몽클라르는 전국을 누비고 다니면서 자신과 같이 한국전쟁에 참전할 지원병을 모집했다. 전투 경험이 풍부하고 그를 존경하던 600명이 동참했다. 대대 병력이 마련된 것이다.

그런데 문제가 생겼다. 장군(중장)이 대대를 지휘한다는 것은 관례상 허용되지 않았다. 몽클라르 장군은 중령 계급장을 기꺼이 자청했다. 그리고 만삭인 아내를 설득했다. 무릎을 꿇고 "군인으로서 마지막 사명과 명예를 위해 허락해달라"고 용서를 구했다. 아내는 아버지 없는 아이가 되지 않기를 바라면서 남편을 한반도 전쟁터로 떠나보냈다. 장군은 그때 58세였다.

그렇게 출정한 프랑스 대대는 미 보병사단 23연대에 합류해 양평 지평리를 방어하는 책임을 맡게 되었다. 그 요충지를 돌파하려는 중공군 3개 사단 병력은 지평리 산악지대를 포위하고 총공격을 개시했다. 그것이 전쟁 역사에 기록된 지평리 전투였다. 1951년 2월 13일부터 15일에 걸친 치열한 혈전이었다. 지평리 전선을 사수하라는 명령을 받은 미군과 프랑스군은 그 전투에서 기적처럼 승리했다. 전사 52명, 실종 42명의 희생자가 생겼으나 중공군은 전사자 약 5,000명을 남기고 퇴각했다. 미 공군의 폭격 등 외부 지원이 있었으나 한 연대가 3개 사단의 협공을 방어한 전투는 상상하기 어려운 전과였다. 중공군에 밀리던 유엔군은 자신감을 회복했다.

휴전과 더불어 귀국한 몽클라르 장군은 10년 후에 군사

215

기념시설인 앵발리드의 관리사령관으로 여생을 마쳤다. 그 기념관은 나폴레옹의 묘소이기도 해 국가적 영광을 상징하는 명소이다. 몽클라르는 1964년 6월 3일 세상을 떠났다. 그의 유해는 앵발리드 안에 있는 성당 지하에 안장되었다. 당시 프랑스 대통령 샤를 드골이 직접 장례식을 집행했다. 대통령은 눈물을 흘리면서 고인의 숭고한 군인정신과 자유를 위한 생애를 국가적 예우를 갖추어 추모했다.

나는 1962년 여름에 안병욱, 한우근 교수와 함께 앵발리드를 방문했다. 하지만 그런 역사적 사실을 상세히 몰랐기 때문에 몽클라르 장군을 예방하지는 못했다. 몽클라르 장군을 회상하면서 우리 젊은 세대에게 바란다. 넓은 세계를 바라보지 못하고 집안 싸움에 세월을 낭비하는 기성세대의 구습에서 탈피하기를. UN 정신과 더불어 세계 무대로 진출해주기를.

이 양반들은 왜 박수를 안 치는가

지난 화요일에는 충청도 좀 외진 곳으로 강연을 갔다. 넓은 강당에 350명 정도가 모인 모양이다. 80분 가까이 계속되는 강연이어서 때로는 예화를 소개하기도 하고 약간 웃기는 얘기도 했다. 피곤과 긴장을 풀어주기 위해서다.

그런데 뜻밖에도 청중은 아무런 표정을 안 보이고 웃지도 않았다. 다른 곳의 강연에서는 내가 따라 웃어야 할 정도로 웃음이 터져 나오곤 했다. 충청도에선 슬픈 얘기에 안경 밑으로 흐르는 눈물을 닦는 사람은 있어도, 그저 조용하기만 했다.

강연을 끝내고 강단에서 내려올 때도 박수가 있었는지 없었는지 기억에 남지 않았다. 며칠 전 서울의 한 교회에 갔을 때는 온 교인이 일어서서 예배실 밖으로 나올 때까지 손뼉을 치기도 했다. 나 혼자 생각해보았다. 아마 내 강연이 만족스럽지 못했던 것 같다는 후회가 남기도 했다.

그날 같이 엘리베이터를 타고 내려오던 회사 책임자에게 "제 강연이 도움이 되었습니까?" 물었다. 그는 "예, 참 좋았습니다. 한 번 더 모셨으면 좋겠다는 얘기가 많았습니다"라고 했다. 그 사람도 열심히 강연 내용을 메모하던 것으로 미루어 강연에 불만이 있던 것은 아니었다.

휴게실에서 차를 마시는데 내가 잘 아는 두 사람도 동석했다. 멀리 떨어진 도시까지 강연을 들으러 온 것이다. 내 강연의 열성 팬이다. 친분도 있고 해서 "오늘 내 강연이 좋았어요?" 하고 물었다. 한 사람은 "눈물을 참았는데요"라고 했다. 다른 한 사람도 "지금까지와는 다른 말씀으로 감동을 주셨습니다"라고 인정해주었다. 내가 웃으면서 "그런데 왜 박수를 안 쳤어요?" 했더니 "우리 충청도 사람들은 박수를 잘 치지 않습니다" 하는 것이다. "서울에서는 박수를 치던 것 같은데"라고 물었더니 "그거야 서울이니까"라고 답했다.

돌아오는 차 안에서 생각해보았다. 충청도 사람들은 강원도 사람들보다 더 양반이어서 그런가, 아니면 감정 표현이 약한 편인가? 내가 강원도 양구로 5~6년 동안 강의를 갔는데 지금은 전보다 손뼉 치는 도수가 확실히 높아졌다. 춘천 사람과 서울에서 동참한 청중의 영향이었을지도 모르겠다. 강원도 기질을 '바위 아래 늙은 부처님巖下老佛'이라고 했는데 아마 충청도 사람들이 더 점잖은 양반 기질인 것 같다.

오래전이다. 청주에 강연을 갔다. 교통편이 여의치 못해 10분쯤 늦게 강연장에 도착했다. 쉬지도 못하고 연단으로 올라가 "늦어서 죄송합니다. 서울과 경기도를 통과할 때까지는 차가 잘 왔는데, 충청도에 들어서니까 교통신호가 왜 그렇게 느린지 신호 대기 때문에 늦었습니다"라고 했더니 모두가 웃던 생각이 난다. 내 친구도 그랬다. 안병욱 교수는 평안도 출신이어서 쉬 공감이 된다. 그런데 김태길 교수는 충청도여서 그런지 나에게도 점잖게 대하는 때가 있었다.

대한민국은 작은 나라다. 그래도 큰 나라 못지않게 지역 기질이 다양해서 사는 재미가 크다.

도지사의 첫사랑

지난 월요일 저녁이었다. 좀 일찍 강연 장소에 도착했다. 몇 사람이 와서 내 책에 사인을 부탁했다. 50대 후반쯤으로 보이는 이가 《영원과 사랑의 대화》를 펴 보이면서 일기의 주인공이 혹시 교수님 자신이 아니시냐고 물었다. 자주 듣는 독자들의 질문이다. 강연을 시작할 시간이 되었다. 혹시 도움이 될까 싶어 내 책 얘기 하나를 소개했다.

오래전이다. 강원도지사 K의 청탁을 받고 춘천에 있는 도청 강당에서 강연을 하게 되었다. 사회자가 "지사님께서 직접 강사님을 소개하기로 되었는데 갑자기 청와대로 갈 일이 생겼습니다. 가급적 속히 돌아오겠다는 연락을 받았습니다" 하면서 대신 나를 소개해주었다. 70분에 걸친 강연을 마쳤다. 늦은 시간이기는 했으나 서울로 돌아가고 싫었다. 그런데 총무과장이 꼭 지사님을 만나 저녁을 같이 하시라고 권했다.

어느 호텔 식당에서 대기하고 있는데 K 지사가 나타났다. 군 장성 출신으로 강원도지사 임명을 받은 이였다. 식사가 끝날 즈음이었다. 지사가 꼭 나를 보고 싶어 한 이유를 들려줬다. 다음은 K 지사 얘기다.

10여 일 전에 책이 들어 있는 소포를 받았다. 발신인의 주소나 이름은 없었다. 그런데 글씨는 어디서 본 것 같아 뜯어보았더니 책 표지 안에 편지가 들어 있었다. '약속을 어기고 글월을 올려 죄송합니다. 이 책 ○페이지부터 시작되는 일기문을 읽어보세요. 어쩌면 오래전 우리들의 사연 같아 여러 번 읽었습니다. 그러면서 많이 울었습니다. 눈물자국이 남아 있을 겁니다. 그렇게 슬퍼질 줄은 몰랐습니다. 그래도 잊어야겠기에 이 책을 보내드립니다. 바쁘시더라도 꼭 읽어보세요' 하는 사연이었다.

K 지사는 그날 저녁 늦게까지 책을 읽으면서 많이 울었다고 고백했다. "교수님도 그런 과거가 있으셨어요? 저는 읽을 때마다 울곤 했습니다. 제 첫사랑을 잊을 수가 없었거든요. 정말 사랑했어요. 사랑하기 때문에 헤어진 것 같기도 하고요."

내가 "그 책을 가지고 계세요?" 물었더니 "집으로 가져 갈 수는 없지요. 책상 서랍에 넣어 열쇠로 잠가두었습니다. 어제 저녁에도 읽어보았고요. 교수님과 저녁을 같이하면서 그 얘기를 하고 싶었습니다." 나는 "그 첫사랑 에게 연락을 하셨고요?"라고 물었다. K 지사는 "아닙니다. 우리는 헤어질 때 연락을 끊고 서로의 행복을 빌기로 약속했습니다. 아마 행복하게 살 겁니다. 내가 지사가 된 것을 아니까 소포를 보냈겠지요" 하면서 말끝을 흐렸다. 슬픔에 잠겨 있는 표정이었다.

그 책이 출간된 지 60년이 된다. 당시에 많은 독자가 공감해주었다. 주로 대학생이었다. 순수하고 아름다운 사랑이 젊음과 더불어 자라고 있었다. 착하고 아름다운 영혼들의 숨결이 느껴지는 시기였을까. 그 글을 쓸 때의 나 자신으로 돌아가고 싶은 마음이다.

늦게 철드는 사람이 행복하다

지금 돌이켜보면 나는 사람 복이 많은 셈이다. 처음 직장이었던 중앙학교에서는 김성수 밑에서 일했다. 연세대학교에 와서는 백낙준, 정석해, 최현배, 김윤경, 양주동 같은 대선배들과 함께 지냈다. 그런데 인간미가 풍부하고 정이 통했던 이는 이상하게도 양주동 선생이다.

그는 내가 중학생 때 숭실전문학교 교수였고 향가 연구로 일본과 한국 학계에서 인정받는 수재였다. 항상 자신을 대한민국 국보 1호라고 자랑했을 정도였다. 그런데도 때로는 어린애 같은 순진함을 지니고 살았다.

오래전에는 흥사단이 주관하는 금요강좌가 있었다. 저명인사들이 강사로 초청받곤 했다. 한번은 흥사단에서 초빙했더니 강사료가 얼마냐고 물었다. 60분씩 강연을 하는데 3만 원이라고 설명한 직원에게 "내가 두 시간 하면 6만 원을 주느냐"고 요청해왔다. 그러겠다고 양해가 되었다.

강연을 끝낸 양 선생이 "나 빨리 갈 데가 있으니까 강사료만 달라"고 재촉했다. 담당자가 "강사료는 사모님이 조금 전에 와서 받아가셨어요"라고 했다. 낙심한 양 선생이 "그러면 난 헛수고한 셈이 아니야. 왜 나한테 허락도 안 받고 주었어? 6만 원 다 줬어? 내가 3만 원이라고 했는데…"라면서 실망스러워 했다는 얘기다.

후배인 사학과 이 교수가 양 선생 옆집에 살았다. 한번은 추운 날씬데 선생이 대문 앞에 들어가지 못하고 앉아 있었다. 무슨 일이냐고 물었더니 대문 안을 가리키면서 말했단다.

"마누라가 뿔이 났어."

"왜요?"

"강사료로 한잔했거든…."

"그러면 우리 집에 들어와서 쉬세요."

"아냐, 그랬다간 오늘 못 들어가."

이 말에 걱정을 하면서도 웃었다는 얘기를 들려주었다.

또 다른 얘기다.

안병욱 선생이 나에게 "양주동 선생이 젊어서 유도선수

였어요?"라고 물었다. "그런 일이 있었겠어요? 내가 잘 아는데 아니야"라고 답했다. 그랬더니 "어디서 강연을 하면서 '내가 이래 보여도 젊었을 때는 유도가 4단이었어'라고 했대요"라는 것이다. 후에 내가 양 선생에게 "선생님, 대학생 때 유도를 했어요?" 물었다. "내가 유도는 무슨 유도를 해?"라며 놀라는 것이다. "학생들한테 강연을 하면서 그랬다면서요?" 재차 물었다. 선생은 잠시 생각해보더니, "오, 내가 한번 후라이 까본 거지… 그걸 믿는 학생들이 바보지. 내가 언제 유도를 했겠어"라면서 "김 선생도 그렇게 믿었어?"라며 오히려 내가 이상하다는 눈치였다. 내가 안병욱 선생에게서 들었다고 했더니, "안 교수는 내 대학 후배인데 그런 걸 물어봐"라면서 안 교수가 철이 없구만 하는 표정이었다.

그런 일화는 수없이 많다. 영문과의 C 교수는 양 선생을 교수답지 못하다고 좋아하지 않았을 정도였다.

그 양 선생을 일본에서는 일본학자를 앞지른 향가 연구가로 높이 평가해주었다. 왜 그런지 나는 양 선생을 잊지 못하고 있다. 양 선생이 제자 격인 나를 믿어주었던 때문인지 모르겠다.

젊은이들을 보면 뜨거워진다

나는 지금도 강연을 많이 하는 편이다. 금년에는 8월 중순까지 150회가 넘었다. 강연을 끝내고 나면 세 가지 반응이 있다.

먼저 소수는 강연 내용을 마땅치 않게 생각한다. 정치적 편견이나 고정관념을 갖는 사람들과 종교적 선입견을 넘어서지 못하는 이들이다. 그러나 스님들 중 많은 사람이 내 책의 독자이고 신부님들 중에서도 성당의 강사로 나를 초청하는 경우가 있다. 개신교 보수 신앙을 강조하는 지도자들은 나와 거리가 있다. 그런 이들은 정치나 신앙이 각자의 선택이라는 생각을 갖지 않는다. 나 자신도 나와 같은 정치관이나 신앙이 최선이라고는 생각지 않는다. 선택과 개선을 위한 견해 중 하나로 받아주면 된다.

또 한 가지 자주 듣는 얘기가 있다. "명강연을 해주셨습니다"라는 칭찬이다. 청중이 많이 모여 만족한다는 뜻이다. 관례적으로 행사를 진행해온 사람들이나 정부 계통의 후원을 받아 강연회를 주관하는 사람들이 하는 말이다. 행사의 성공을 도와주었다는 인사이다.

어떤 사람은 "얼마나 늙으셨나 보러 왔는데 좋았습니다"라고 말한다. 과거에 들었기 때문에 올까 말까 하다가 참석했다는 자세이다. 나에게도 반가운 손님이 된다. 학생 때나 옛날에 한두 차례 내 강연을 들은 사람들이다. 어떤 때는 강연을 주관한 간부들이 자신들은 듣지 않고 있다가 시간 초과를 걱정하며 들어오는 경우도 있다. 강연 내용보다 행사가 더 중하기 때문이다.

나 자신이 강연을 끝내면서 감사히 느끼는 때도 적지 않다. 좀처럼 박수를 치지 않는 충청도 청중이나 치는 습관이 없는 강원도 청중이 박수를 쳐주는 경우다. 그분들은 박수는 열성적이지 않아도 내가 퇴장할 때까지 앉아 있는 것이 특징이다. 나갈 때 복도 양측에 앉은 사람들이 인사를 해온다. 고맙다는 표정이다.

내 강연을 고맙게 받아들인 분들은 눈빛과 얼굴 표정으로 '감사합니다', '고맙습니다'라고 말한다. 용기 있는 사람은 옆으로 와 "오래도록 건강하세요. 힘드셔도 다른 곳에서도 좋은 말씀해주세요"라고 한다. 나도 "그러겠습니다" 하고 답례한다. 말없이 찾아와 악수만 하면서 내 얼굴을 쳐다보는 젊은이들은 안아주고 싶을 정도로 마음이 뜨거워진다. 내가 젊었을 때 도산 안창호 선생님 같은 분의 강연을 잊을 수 없었기 때문일지 모른다.

요사이는 100세라는 나이 때문일까, 공자와 석가의 교훈을 떠올리기도 하고 성경을 자주 읽어보곤 한다. 예수는 33년 생애에서 3년 3개월의 기록이 남아 있다. 그중에서도 십자가에 달리기 전날 목요일의 기록이 가장 많은 부분을 차지한다. 세상 떠나기 직전에 예수는 당신의 죽음을 포함한 생애보다 제자들을 더 사랑했기 때문에 많은 교훈을 남겼다. 그들을 통해 인류에 남기고 싶은 유언이었다.

지금 내 강연을 듣는 사람들에게는 단 한 번뿐인 기회일 수 있다. 더 많은 사람에게 도움이 되는 말을 남길 수 있다면 그보다 소중한 일은 없을 것이다.

내가 백수를 맞이하는 해 3월이었다. 〈조선일보〉 '아무튼, 주말' 편집부에서 '김형석의 100세 일기'라는 칼럼을 연재 했으면 좋겠다는 청탁이 왔다. '주말'에 대한 관심이 적었 고, 100세쯤 되면 누구나 쓸 수 있는 글을 남기고 싶은 생 각이 들지 않았으나, 조선일보의 오랜 독자였고 계속 쓰 는 동안에 평소에 내가 갖고 있던 인생관과 사회적 문제 도 제기할 수 있을 것 같아 집필하기 시작했다. 벌써 2년 의 세월이 지났고 100회분을 넘기게 되었다.

나는 우리 사회를 불행과 고통으로 끌어들인 문제의 핵 심은 아주 평범한 '공동체 의식'을 상실했거나 포기한 데 있다고 본다. 솔직히 말하면 더불어 살 줄 모르는 사회를 만들었다는 뜻이다.

대화의 필요성과 가치를 모르는 사람들이 투쟁해서 승자가 되면 성공했다고 자부하는 사고방식이다. 그 정도가 심해지면 집단이기주의에 빠져 편 가르기를 예사로이 여긴다. 집단적 투쟁이 사회적 정의의 길이라고 착각한다. 화합과 협력의 모범을 보여주는 지도자가 사라지고 있다. 그 결과는 사회적 고통과 파국이 된다.

최근에는 세대 간의 간격과 갈등까지 합세하는 현상이다. 청년의 '지성을 갖춘 용기'는 소중하다. 장년의 '가치관이 있는 신념'은 필수적이다. 노년의 '경험에서 얻은 지혜'도 있어야 한다. 이 3세대가 공존할 때 우리는 행복해지며 사회는 안정된 성장을 누릴 수 있다.

그런데 지도자들은 젊은 세대를 정치적 수단으로 삼으며 늘어나는 노인 세대는 소외당하는 세태世態로 변하고 있다. 그 결과는 우리 모두의 불행이며 사회적 퇴락을 자초할 뿐이다.

이런 우려와 반성을 염두에 두고 그동안 여러 분야에 걸친 글을 썼다. 그 결과는 내가 예상했던 것보다 좋았다고 본다. 처음 대면하는 사람들도 〈100세 일기〉를 읽는다고 인사하며, 가족이 함께 즐긴다고 고마워한다. 서울서 가까운 지방에 갔을 때는 내 글을 노인들을 위한 '인문학 강의'

교재로 사용한다는 얘기도 했다. 그저 감사한 마음뿐이다. 대화를 나눌 수 있는 동안은 여러 가지 생각을 함께하고 싶은 심정이다.

　이번에 김영사에서 그 글들을 추려 한 권의 책을 펴낸다. 노년 독자들에게는 선물이 되고 청장년 독자들에게는 우리도 100세가 될 때까지 행복하고 보람 있는 삶을 누릴 수 있다는 희망의 메시지가 되었으면 감사하겠다.

2020년 4월에

김 형 석

* 편집 처음부터 끝까지 저자를 대신해서 참여해준 '아가페의 집' 이사장 이종옥에게 감사를 전한다.

百歳日記